新潮文庫

プールサイド小景・静物

庄野潤三著

目次

舞踏……七
プールサイド小景……四五
相客……八一
五人の男……一〇七
イタリア風……一四九
蟹……二〇一
静物……二三五
七篇再読……阪田寛夫

プールサイド小景・静物

舞踏

家庭の危機というものは、台所の天窓にへばりついている守宮《やもり》のようなものだ。それは何時《いつ》からと云《い》うことなしに、そこにいる。その姿は不吉で油断がならない。しかし、それはあたかも家屋の内部の調度品の一つであるかの如《ごと》くそこにいるので、つい人々はその存在に馴《な》れてしまう。それに、誰だってイヤなものは見ないでいようとするものだ。

ここに、一つの家庭がある。

結婚してから五年たち、夫婦の間には三歳になる長女がある。市役所に出ている夫の俸給で、親子三人、か細く暮している。

夫は妻を愛し、妻も夫を愛しているが、それでも夫は一人きりの気楽な生活を夢想すること多く、妻はまたつねに故《ゆえ》知らぬ孤独感に苦しんでいる。

夫の方は事情あって肉親と義絶の状態にある。妻は小さい時に両親を失い、彼女を育ててくれた祖母は結婚後に世を去った。天涯孤独の身である。夫は、もしも自分が電車にはねられて死にでもしたら、あと妻はいったいどうするだろうと考えてみることがある。しかし、いったい考えてみたって何になるのだろうと思うから、この想像はいつでも中止されてしまう。

初夏の或《あ》る晩に、夫が帰宅して机の上を見ると、一枚の真白なレター・ペーパーが置かれてあった。妻の筆蹟《ひっせき》である。

夜、あなたは、星がいっぱいキラめいている空をめがけて、真直《まっす》ぐに飛んで行ってしまわれる。あなたのマントがみるみる小さくなって、星の間に見えなくなってしまうまで、あたしは黙って見送っています。連れて行って！　とひと言、叫びたいのに、声が出ないの。ひろこ。

夫は読み終って、その手紙をくしゃくしゃにまるめ、そっと紙屑籠《かみくずかご》に入れた。そして、何事もなかったような表情で、彼の部屋を出た。夫は、最初の一行を見たとたんに、ギクリとした。無論思い当ることがないわけではない。

この妻には不思議なところがあって、何か大事がある時、彼女の予感がピタリと適中することがよくあった。最近、こんな事があった。女学校の時の親友で結婚して山陰の方へ行っている友人が、突然この都市へ出て来た。ふだんは思い出したように手紙をやり取りするほどのことで、今度来ることについても前触れがなかった。

ところが、その日、妻は朝からたまっていた洗濯物を一息に片附け、家の中の掃除をし、郵便局へ行く用事があったのを昼までに済ませてしまった。そしてその間と云うもの、心の中でずっと伴奏みたいにひとり言していた。

（さあ、これでいつTさんが来られても、心置きなくお話が出来るわ）

すると、昼過ぎに玄関で声が聞えた。彼女は飛んで出るなり、硝子《ガラス》戸の内側から叫んだ。

「Tさんでしょ。いらっしゃい！」

戸を開けると、そこに旧友がにこやかに立っていた。友達の方では、自分が婚家を発《た》つ前に出した手紙がもう着いているものと思っていたのである。その手紙は、次の日に着いた。そんな事を知っているので、夫はギクリとしない訳にはゆかなかった。

夫には秘めごとがあった。同じ課に勤めている十九の少女と恋をしている。役所が退《ひ》けてから、こっそりと二人で映画を見に行ったり、夕暮の市街を散歩したりしていた。

夫は自分の心を見抜かれたことを知った。しかし、だからと云って、妻のこの手紙に対して、どう云う風な言葉で答えればいいのであろう？　やぶ蛇、と云うこともあるのである。それに、おれはあの子が好きになってしまったものを、妻のうつろな気持を知ったからと云って、どうにも思い返しようがないではないか。

恋をすることは難く、恋をして恋人の心を得ることはなお難い。それは千載に一遇と云うべきであろう。十九歳の美しく無垢《むく》な少女が、妻子あることを知って、しかも彼に心を寄せたのである。よろこびに酔うている彼に取って、どうしてこの恋を中途で止めることが出来よう。それにどこの家庭の妻だって、と夫は考える。永い結婚生活の間には、幾度かは夫の心が自分から離れたことに気附いて、ひどく淋《さび》しい思いを経験しないことはないと云うものだ。つまりそれを知って諦《あきら》めてゆくことが人生と云うものなんだ。お前はおれ一人を愛し、おれの為《ため》に献身する。そしておれもお前を愛している。それにも拘《かかわ》らず恋人が出来てしまったのは、お前に不満があったからでもなく、お前に飽きて来たからでもない。偶然に、こうなってしまったのだ。それだからと云って、もう妻の顔を見るのがうとましいと云うことは無い。お前は私の変らぬよき妻であり、おれはお前を愛している。

――そのような自分勝手なことを列《なら》べた上で、夫は妻の必死の手紙を無視することに決め、夕食の部屋へ入った。

妻は何も云わなかった。ただいつもと同じように、彼の不在中起った些細《ささい》な出来事について語った。夫はそれをいいことにして、膝《ひざ》の上に坐《すわ》った長女の相手になり、なるべく妻とまともに視線を合わせることを避けながら、それこそ当り障《さわ》りのないことをしゃべって、夕食を終った。

その夜、夫が眠ってしまうと、妻は自分の手紙がついに夫の心に届かなかったことを感じて、声を立てずに泣いた。かたわらには長女があどけない寝顔を見せて眠っていた。しかし彼女はひとりきりでいるのと少しも変りのない気持だった。

祈るようにして書いた手紙。書きつぶし、書きあぐんで、止めようかと幾度も思い、やっとあれだけ書いたのだった。その手紙が、いま彼女の眼の前を、翼をもがれた小鳥となってためらうように暗い海面へ落ちて行った。

まるで魂を奪われた人のようにして帰って来る夫を見ることが、妻に取っては淋しさを通り越して苦痛となって来た。こんなことは、結婚して以来一度もないことだった。時々ぼんやりして何を考えているのか見当がつかないと云う風なことだったら、これまでにだってよくあった。それはいわば夫の癖であった。小学生の時分に、電車道を歩きながら魚のことを考えていた。停留所まで来て切符を買おうとしてお金を渡した。何処《どこ》まで？　と聞かれて、さかな、と答えたことがある。大きくなってから、それに似たことはしょっちゅうやっていた。妻に取って、夫のそのようなどこかに抜けたところのある性格はむしろ好ましいものであった。隙《すき》のちっともない人間と云うのは、会っていて厭《いや》な気がする。

ところが、今度は様子が全く違っていた。時々ぼんやりしていると云う程度ではなかった。それは蟬《せみ》の抜け殻のようにふわっとして頼りなく、妻を不安な気持に陥《おとしい》れずには置かない態度であった。たとえば、何か重大な秘密を知らされ、それを誰にも口外することが出来なくて、もはやその秘密が夫を支配してしまったかのように見えた。「王様の耳」と云う外国の童話を、彼女はふと思い出すのだった。一人の若い理髪師が宮殿に呼び出され、王様の髪を刈ることを命ぜられる。さて王様の部屋へ一人だけ入って、髪を刈ろうとして驚いた。冠を脱いだ王様の髪の間から、馬の耳が出て来たのである。王様の大変な秘密を知ってしまった理髪師は、それを一生涯、自分の胸の中に隠しておかなければならないことになる。一口でも人に話せば、生命はないものと脅かされたからである。その秘密を自分ひとりが知っていることの苦しさに、彼は到頭病気になってしまう。日に日に衰弱して行き、そのままでは死は免れることは出来ぬと思われた。家族の者がひどく憂《うれ》えて、病気の原因を知ろうとしても、理髪師は何も語らなかった。或る日のこと、彼はフラフラと家を出て、近くの森へ入って行った。そして一本の木の根に近く小さな空洞があるのを見つけ、そこへ口を持って行って、思い切り大きな声で、「王様の耳は馬の耳」と三度どなった。秘密を木の中に封じこんだその日から、彼の身体《からだ》はみるみる元気を取り戻した。……

妻は思うのだ。王様の耳は馬の耳。王様の耳は馬の耳。それがあたしに取ってどのように恐ろしい意味をもつ言葉であったとしても、夫がそれを口に出してくれたらどんなに嬉《うれ》しいだろう。もしもあたしがその声を聞いた為に、今度はあたしがその秘密を背負わなければならなくなって、日に日に痩《や》せて行って最後に死んでしまわなければならないとしても、あたしは満足なのだ。夫が自分の秘密を口外することが出来なくて苦しんでいるのをじっと見ていなければならない苦痛にくらべれば、その方がどれだけ楽か知れない。

夫が懸命にあたしに隠そうとしていること、それがどんな事なのか、あたしには想像出来る。でも、どうしてそれをあたしに仰言《おつしや》っては下さらないのだろう。あれほど様子が変ってしまうくらい、好きな女の人が出来たのだったら、どんなにか素晴らしいひとに違いない。あたしには、そんな気がする。それなら、どうしてそのような人にめぐり会ったよろこびを、あたしに分けては下さらないのだろう。どうしてあんなに隠そう隠そうとなさるのだろう。あたしが気附かないと思っていらっしゃるのかしら。それは、あの人に好きな人が出来たら、あたしは随分苦しい。だけど、あんな風にそのことを一口も云わずにいて、そのためにあの人がいつもいつも自分を苦しめているのを見ていることの方が、ずっと苦しい。あたしがいることが、あの人をひどく不自由にしているような気がして来るのだ。そして自分が夫を苦しめているように思われて、苦しい。

夜、ごはんを食べてから、夫はさっさと自分のお部屋へ入ってしまわれる。そして、それきり何の物音も聞えない。以前はあたしが途中でお茶をいれて持って行ったものだけど、それがこの頃ではまるで眼に見えない糸が部屋の入口のところに張りめぐらされてでもあるかのように、ふすまに手を触れることが恐ろしい。幾度あたしは、お茶を載せたお盆を手にしたまま、階段の途中まで行って引き返したか知れない。或る時、「入ってもいい」と声をかけてから入口のふすまを開けたのだけど、あたしはあの人がひろげたままの便箋《びんせん》を急いで本の下に隠したのを見てしまった。あたしは気が附かなかった振りをして、無理に明るい声を出して云った。

「勉強ばっかりするな、こらア」

でもあたしは自分の顔がみじめに歪《ゆが》みそうになるのを、やっとのことで耐えた。それからは、もうあの人の部屋へ入るのが、すっかり恐ろしくなった。夫の留守の時でさえ、お掃除をしに部屋へ入る時は、机のあたりを見るのがこわかった。そこに昨夜の夫が坐っていた時の気配が残っているような気がして、もしも何か見てはならないものが眼に入ったらどうしようと云う不安があったのだ。夜、あたしは下の茶の間で子供と遊んでいると、夫が引きこもっている部屋だけがひっそりと静まっていて、そのことがあたしの頭から一分と離れたことがなく、次第に重荷になって来て、しまいにはもうこれ以上支え切れない気持になるのだった。

妻には子供があると云う考えが、夫の心の中にあった。他に慰めを何一つ得ることがなく、しかも夫の心が妻から離れることがあろうと、妻に残された唯《ただ》一つの慰めは子供にある。妻としての幸福がたとえ薄くあろうとも、女は子供を見守り育てて行くことに僅《わず》かに生き甲斐《がい》を見出《みいだ》し得る。そのような世俗の常識に夫は口実を見つりようとしていた。

恋に酔っている彼に取っても、妻の表情が近頃急に淋しそうになったことに気が附かないではない。殊《こと》に机の上の手紙を見た日から、彼はなるたけ優しい言葉をかけようと心がけていた。淋しそうにしている妻を見ることは、彼にはやはり苦痛であった。自分の部屋に引きこもっている時、玄関の戸が開いて、妻が外へ出て行く気配がする。むずかっている長女を抱いて、小さな声で歌をうたいながら家の前の道を往《ゆ》きつ戻りつしている。一時間くらい、歩いているのだ。子供を寝かせてしまった時など、前の道で不意に縄飛びの音がすることがある。ああやってるな、と思う。誰も通らない暗い道で、一しきり縄飛びを続ける妻の姿が、彼の胸に何かを烈《はげ》しく訴えて来るのを感じる。シュッシュッと地面をたたき、空気を切るロープの短い音。弾《はず》みをつけて地面を踏み切るひびき、それは眼に見えない細い細い無数の針となって飛んで来て、彼の全身に突き刺さる。彼はその針から身を隠そうとする。

彼はこう考える。おれは何も妻や子供を捨てて少女と逃げ出すつもりなんかないのだ。恋人のために自分の家庭を破壊しようと云う意志は毛頭ないし、またその危険も感じてはいない。おれはただ、今は自分を一人にしておいてほしいのだ。おれに思う存分、気ままを許してほしいのだ。ところが貧しい俸給生活者であるおれには、大それた真似《まね》なんぞ出来っこない。少女を誘って旅に出ようと云えば、多分いやとは云わないだろう。それどころか、瞳《ひとみ》を輝かして賛成するに決っているのだ。どんなにか未知の土地に彼女は憧《あこが》れているだろうに！

ところが、旅行がおれに可能であるか。家庭の経済生活の破滅を覚悟することなしに、一晩泊りの旅にすら出発することの出来ないおれ達なんだ。旅行どころではない。贈物の一つだって、おれはまだ彼女にしてやったことがない。物欲し気な、近頃の娘たちとは違う彼女ではあるけれど、ハンド・バッグを貰《もら》って喜ばないことはないくらいおれも知っている。少女の家も、あまり豊かではない。だが、飾り窓の中のハンド・バッグは、おれの一と月分の俸給といくらも違わない値段がついているし、そのなかで一番小さな、まるで子供のおもちゃじゃないかと思われるようなのでさえ、おれの一と月のポケット・マネイを全部犠牲にしたって買えないのだ。

ふところの淋しい恋愛というものは、薬品の悪いマッチを擦るようなものだ。いつまでたっても、燃え出すことがない。おれには、妻や子供のことを忘れて出たら目に行動すると云うことは、到底出来なかった。貧乏ほど悲しいことはない。それを、おれは沁《し》みじみ感じた。どうか、おれを自由にしておいてくれ。しばらくの間、何も聞かずに、おれをそっとしておいておくれ。

或る晩、少女と二人で映画を見て、そのあと一時間も話ししながら歩いて、夫が家に帰り着いたのは九時を廻っていた。いつもならすぐに飛び出して来る筈《はず》の妻が出て

来ない。家の中へ入って行くと、

「お帰んなさアい」

二階でそう云ったような気がする。その声は何だか甘ったれたような、眠いような、妙な声であった。そのあと、子供を寝かしつけているらしい声がしばらく聞えて、静かになった。

つい今しがた恋人と握手をして別れて来たばかりなので、夫はうしろめたい気持から、すぐに迎えに出て来ない妻を咎《とが》めることが出来ない。用意されてある夕食の卓に向い、ひとりでボソボソと食べ始める、妻の分も、手をつけられずに残っている。お腹を空かせて待っているうちに長女がむずかり始め、寝かしつけに行ったのであろう。

「下宿してる人みたいね」

と笑いながら云った数日前の妻の言葉を思い出して、夫は苦笑いした。朝食は食べない日が多い。食欲がちっともないのと、起きてから家を飛び出すまでの時間があまりに短いからである。弁当だけ持って役所へ行き、夜は帰宅してすぐに夕食。子供が起きている時は、しばらく相手になってから、二階へ上り自分の部屋へ入ってしまう。これでは、食事と睡眠のために家へ帰って来るようなものだと云われても、仕方がない。

「将棋を、やろう」

一度、淋しそうな妻の顔色を見て誘ったことがある。妻は喜び、押入からほこりのたまった将棋盤を持ち出して来た。列《なら》べてみると駒《こま》が二つ足りない。妻は紙を切って、ペンで歩と書いて、駒をこしらえた。

「さあ、覚悟しろ」

妻は勢い込んで始める。彼女は将棋には本当はちっとも興味がない。それを夫は知っていた。夫だって、好きではないのだ。碁・将棋・麻雀《マージャン》と云うものを、彼はまるきりやらなかった。この将棋盤は死んだ兄が置いて行ったものであり、彼は、やっと駒の動かし方を間違えない程度である。そして、妻も同じくらいの力倆《りきりょう》だ。

二回とも長い時間かかって夫が勝ち、三回目をやっているうちに、ふと盤上から眼を上げると、妻はこっくりこっくりしかけている。夫はパラリと駒を投げ出し、やり切れない気持で立ち上った。妻は疲れているのだ。そんなことがあって、将棋はもうする気がしない。

「家にピンポン台があったら、いいのになあ」

妻は時々そう云う。それはあってもいいと彼は思う。あの遊戯は、小賢《こざか》しい人物を見るようで彼は好きではなかったが、しかし家庭の中に一台のピンポン台があることは、家庭の無為と荒涼とをいくらか彩色してくれるかも知れない。バドミントンをやるには、そこばくの空地が必要だ。実際、現在の日本の家庭に、どんなアミュウズメントがあるのか。

帰宅を待ちわびて、妻は空腹のままで子供のそばに眠ってしまった。夫はひとりで食事を始めたものの、このままにはして置けず、二階へ妻を起しに行く。ところが、どうしたことだろう。呼んでも起きないのである。いつもであれば、どんなに疲れて眠りこけていても、二三度呼べば電気にかかったようにはね起きる妻であった。

今度は肩のところを突いて、（おい、起きろ）と呼んでみたが、眼を覚まさない。大きな声を出すと、子供の方が起きてしまう。それでもう一度、肩をゆすぶって、呼んでみた。起きない。夫はイライラして来て、少し邪険になり（起きないか、おい！）と云って、強く肩をゆすぶった。妻の顔が眼を閉じたまま、重たく揺れる。

この瞬間、夫の頭の中にパッと閃《ひらめ》くものがあり、忽《たちま》ち顔色が青くなるのを感じた。

「ひろこ！」

烈しい声で妻を呼び、自分の顔を近づけてみた。呼吸を、している。額に手をやる、異状はない。彼は妻の上にかがみこむようにして、ツウピースの服を着たままの彼女をゆすぶった。

「おい、ひろこ。どうした？」

この時、初めて気がついた。かすかに眼を開いて夫を見、口を動かして何やら云おうとした。しかしその言葉は、聞き取れなかった。

「どうしたんだ？　云って見ろ」

妻は苦しそうに首を振り、手を伸ばして来て夫の手を探った。彼の手を握ると、

「飲んだ」

と云った。

「馬鹿《ばか》。何を飲んだんだ」

この声に、横に寝ていた長女が眼を覚まし、ムックリ起き上って、父の顔を見つめた。それから這《は》い出して、妻の身体に取りついた。

「苦しーい」

妻は身もだえして、胸の上に這い上ろうとした子供を転ばした。子供は火のついたように泣き出す。その時、夫は初めてアルコオルの匂《にお》いに気附いた。

「ウィスキイか？」

妻はうなずいた。

「ウィスキイだけだな？」

また、うなずいた。夫はへたへたとそこへ崩折れる気持がした。子供はますます大きな声を上げて泣いた。

下へ降りて来た彼が、押入を開けてみると、前に買った三級ウィスキイが見えなかった。それを買った時、飲んでみて何やら危険な感じがするのを、そのまま時々少し宛《ずつ》用いて、三分の一ほど残ったままになっていた。飲んだあと少し頭が痛くなるので、妻が心配して、到頭別のもう少しいいウィスキイを買ったのだった。

台所へ行って見ると、そこに空っぽになった瓶《びん》が置いてあった。彼はそれを見てヒヤリとした。おれでさえ用心してグラスに三杯以上は飲もうとしなかった代物《しろもの》だのに、何だってあいつは馬鹿な真似をしやがったんだろう。まさか死にはすまいと思うけど、死んだりしたら笑い話にもならない。どうする気なんだ。

夫は最初、睡眠剤を多量に飲んだのかと思って、青くなったのだった。かつて大学にいた時に、アパートに暮していた友人の妻君がカルモチンを飲んで自殺を計ったことがあった。その事実を彼は友人の口から打明けられたが、その時の様子に似ていることに突然気が附いたのだった。友人の妻君の場合は、二昼夜にわたる昏睡《こんすい》状態の後に意識を回復した。僅かに致死量に足りなかったのである。

自殺、と云う考えが頭に閃いた時、夫は、

「しまった！」と心に叫んだ。

いきなり、したたかに打ち据えられたようなショックだった。そして次の瞬間、そうでなかったことが分った時、彼の驚愕《きょうがく》と狼狽《ろうばい》とは腹立たしい気持に変った。

「何某妻（二十何歳）は、何日午後何時頃、帰宅の遅い夫を待つ間、ウィスキイを飲み、メチールのため絶命した。同女と夫との間に三歳になる長女何子ちゃんがある。ふだんから平和な家庭であり、自殺するような原因は見当らない」

こんな風な記事が新聞の隅っこに出て、そしてゲーム・セット。見出しは、「人妻メチールで死亡」これではナンセンスである。役所の同僚、近所の人達はどのように彼に挨拶《あいさつ》すべきか、その言葉に窮するだろう。気の毒なような顔つき。或《ある》いは何か秘密をさぐり出そうとする意地悪い好奇心に満ちた視線。そのような世間の顔は、彼には耐えることも出来よう。ただ何物にもまして耐え難いことが一つある。

それは恋人に与える打撃だった。彼の妻の死によって、二人の間の甘美で清純な思い出は一瞬にして無残に砕け去り、そして癒《いや》すことの出来ない傷を受けたまま、少女は彼から去るであろう。かくて彼は妻と恋人の二人を忽ちのうちに失い、子供を抱えて呆然《ぼうぜん》自失している自分を見出すだろう。それから先、いったい彼はどのようにして生きてゆけばいいのか。残された彼の生涯は、呪《のろ》われたものとなるだろう。彼の額には、焼き印が押されている。彼は忍ばねばならぬ。だが、子供はどうなる？　何故に罰を受けねばならないのか。

夫は妻の自殺を仮想して、その後に来る不幸をこのように考えた。この考え方は一応もっともらしく見える。だが、その中には何よりも大切な一つのものが欠けていた。それは一箇の人間の生命に対する畏《おそ》れである。そしてそこにあるのは、ただ恐るべきエゴイズムであった。彼はそのことに気が附かなかった。

夫はひとりで腹を立て、押入からいい方のウィスキイを出し、グラスに十ぱい、続けさまに引っかけ、残りの飯を乱暴にかきこんで、そのままその夜は眠ってしまった。

夜中に妻は眼を覚まし、フラフラと起き上った。壁にすがるようにして、幾度も倒れそうになりながら階段を降り、やっと台所まで行って、水を飲んだ。二杯目の水を飲もうとした時、急に吐気がして、洗面所へ入るなりもどした。濃いお茶のような液体ばかりが、吐き出された。吐くものが無くなっても、胸のむかつきは止まらなかった。

顔を起すと、鏡の中に死人のように青ざめた自分の顔が映っていた。その顔を見たとたんに、目まいが来た。彼女は夢中で洗面所からよろけ出て、台所の板の間にかがみ込み、そのままうつ伏すように倒れた。気が遠くなって行くのを彼女は感じた。死ぬのかしらと思った。それきり朝が来るまで、彼女は眼を覚まさなかった。

絵を描きたいと思い出すと、たまらなくなる。子供をおとなりの小母さんに頼んでおいて、水彩の絵具箱と画板を提げて、妻は家を飛び出した。

絵の展覧会を見に行くのが、彼女に取って最大のたのしみであった。子供が出来てからも、出来るだけ暇を作って見に行った。特別に誰の絵が好きと云うのではなく、行く展覧会ごとに大抵どれか好きな絵を発見することが出来た。それが彼女に云い知れぬよろこびを与えてくれる。非常に気に入った絵があった時には、もう一度見に行った。その時は、好きな絵の前へいきなり行って、その絵だけ見ると帰った。

一度だけ見たデュフィの海を描いた絵が、数多くの好きな絵の中でも心に忘れることが出来ない。空も海も一色の暗い青。沖に煙を吐いて浮んでいる汽船。白い蝶々《ちようちよう》のような帆かけ船。岸辺に赤い傘をさした人が立って海を見ている。砂の上に大きなひとでがいた。その絵はこのようなイメージとなって彼女の心に現われる。実際のものとは、多分、違ってるところがあるだろう。海を見ている人は、二人か三人いたように思う。あの絵から受けた感動は、奇妙なものだった。今も自分の内部に水脈をひいている。あれは、何だろう？　人間の孤独、ということかしら？

海に向って立つ人の心は、深いことを考えている心だ。通りすがりの景色に見入る人のように、何気ない顔つきで、海を見ている。その人の前に、暗い青い海の色がひろがっている。無心で海を見ている人と云うのは、いいものだ。海の孤独というものが、感じられる。それは、ひとでの孤独と云ってもいいし……。こわい絵のような気もするし、泪《なみだ》が出そうなほど優しく懐《なつ》かしい絵だと思ったりする。デュフィと云う人は、どんなことを考えながらあの絵を描いたのだろう？

彼女は、近くの高等学校の門を入って行った。夕方で、学校の中はひっそりとしていた。中庭を通り抜ける途中で、トンボ取りの男の子が三人、向うから歩いて来た。雑草の生い茂った広い運動場には、誰もいなかった。ただ裏門のそばの夾竹桃《きょうちくとう》の茂みの前に、白い浴衣《ゆかた》を着た背の高い男の人が、小さな女の子を二人連れて、とりもち竿《ざお》を持って木の方を見ていた。

運動場を横切って、彼女はプールの方へ歩いて行った。プールの横に背の高いポプラが三本並んで立っている。それを描こうと思って来たのだった。去年の夏休みに絵を描きに来たことがある。その時は水泳部の選手が泳いでいた。それで、描くのを止《や》めて、練習を見ていた。今日は声が聞えなかった。彼女はかけ出した。プールのそばまで来て堤を上ると、

「いやあ！」

空っぽのプールだ。がっかりして、彼女は腕組みをして突立った。

「おどろいた。水が入っていないなんて」

すると、不意におかしくなって来て、ひとりで笑ってしまった。堤の上に茄子《なす》や胡《ご》麻《ま》を植えた可愛《かわい》い畑がある。こんなところに誰が作っているんだろう。プールの隅っこに腰を下ろして、自分と対角線の位置にポプラを三本入れて、描くことにする。水のないプールって、なかなか趣のあるものだ。向う側の半分が浅くて、中頃から急角度に傾斜して、こちら側はずっと底が深い。コースを示すタイルが白い点線を作っていて、石ころがいくつか転がっている。水苔《みずごけ》で青くなっているのかと思っていたけれど、磨き立てたみたいに清潔な感じだ。本当にゴシゴシ磨くのかも知れない。学校の裏の喫茶店から、大きな音でレコードの軽音楽が聞えて来る。（林檎《りんご》の木の下で、明日また逢《あ》いましょう）

夕風が吹いて来る。ポプラの枝がざわざわと揺れる。葉の一枚一枚が、絃楽器の素早い音のように小止みなしに翻《ひるがえ》っている。ポプラは、いいなあ。ポプラが高く空に聳《そび》えているのを見ていると、心の中のもやもやがキレイに吹き飛ばされるような気がする。うそ。吹き飛ばしてはくれないけれど、何だか慰められる。ポプラの葉が風に吹かれているのを見ると、葉っぱの一枚一枚が、みんな声を揃《そろ》えて、ホラネ、ホラネ、と一生懸命に云ってるような、そんな気がする。何を話そうとしているのか分らないけど、ホラネ、ホラネ、と聞えて来る。

こんなこと考えるのも、気が弱っているからかしら。自分のしていることが、自分で分らない。この前の晩、ウィスキイをコップで一息に飲んでひどいことになった。あの時だって、後でどうしてあんな事してしまったのか、分らない。よくメチールで死ななかったと思う。淋《さび》しくてどうしようもなくなって飲んだのには違いないけど、どうしてあんな危いウィスキイをコップで全部飲んでしまうなんて、乱暴な下品な真似《まね》をしたのだろう。あたしには、自分がちっとも分らない。あんな事をした自分がこわい。

あくる朝、夫にひどく叱《しか》られた。何故《なぜ》そんな馬鹿な真似をしたのか云えと云って。そして、いくら云われてもあたしが返事をしないので、あの人は語気が荒くなり、とうとうピシャンと戸を閉めて出て行かれた。しかし、あたしには答えることが出来なかった。（みちこのことも少しは考えろ）と言われた。本当にあたしはいけないお母チャンだったと思う。

でも、あたしは、みちこのこと考える余裕がなかった。自分のことで精いっぱいなのだ。自分の子供の十年先のこと、二十年先のこと、あたしは考える気持が起らない。自分を一日一日支えてゆくだけでやっとなのだ。だから、いけない母親と云われても、あたしにはどうすることも出来ない。それはみちこは可愛い。とてもいい性質を持っている。精神の発達が近頃めざましく、それを見ていることはたのしみと云うより驚きに近い。もしも今みちこを失ったとしたら、どんな打撃であろうと思うし、だいいちそんなこと想像することさえ出来ない。けれど、あたしは自分が生きてゆくことにちっとも自信がなく、それこそ心細いその日暮しなのだ。ひょっとすると、あたしは大変な考え違いをしているのかも知れない。お祖母《ばあ》さんに大事にされて育った為《ため》に、ひどく我儘《わがまま》で我の強い人間になっているのかも知れない。あたしがこんなに苦しむのも、あたしがあまりに自分を愛し過ぎているからだろうか。

そのように考えて行くと、彼女はもう生きてゆくことが、限りなく重荷になって来るのだった。それを忘れようとして出て来た自分だのに、いつの間にか、パレットも筆もわきへ置いてしまって、ぼんやり考え込んでいるのだった。ポプラの木の上の空に、お羽黒トンボが四五匹飛んで来て、クルクル旋回している。

声がしたので振り向くと、寮の方から三人、ラケットを振りながら、テニスコートの方へ歩いて行った。その中の一人は、上は裸だ。三人でテニスをやるのかしら。あああたしもしたいな。ポーン、ポーンと打って、ボールを追っかけてコートの上を走り廻り、大声を上げて笑い、汗びっしょりかいてみたいな。そしたら、胸がスッとするだろうな。ああもう一度女学生の頃に帰りたい。あたしは、少女の頃にあたしだけの世界を持っていた。この世の中のすべては、あたしの世界にピッタリ重なり、あたしはその世界で王者だった。あたしはそこで自在に光を浴び空気を呼吸し風に乗って鳥のように飛ぶことも出来た。あたしは善意と愛情に取りまかれ、かつて失望と云うものを知らなかった。もう一度、あの世界へ帰りたい。失われたあたしの懐かしい世界へ、あの孫悟空《そんごくう》のようにアッと云う間に飛び戻ることが出来たら！

いいえ、そんなものは、どうでもいいの。みんなウソ。女学生の頃に帰りたいなんて、あたしの負け惜しみ。本当のことを、神様に云いましょう。それは、たった一つ。夫に、愛してほしい。生きてゆくのが精いっぱいだとか、自信がないとか、いろんなこと云ってみるのは、みんなごまかしだ。それは、夫に愛してほしい、自分だけを愛してほしいと云うことではないの？　真実を隠さずに云おう。夫に愛されたい。それがあたしのいのち。

日記をつけていた夫は、ふと階下ですすり泣く声がするのに気附く。それは台所の方から聞えて来た。夫はと胸を突かれたが、しばらく様子をうかがった。

この時、彼はその前夜に少女と二人でシムフォニイを聴きに音楽会へ行った時のことを書きつけていたので、夜更《よふ》けて不意に家の中に起った妻のすすり泣きは、彼を驚かせるに十分であった。しかもその音楽会は、妻が行きたがっていたものだった。それを妻は露《あら》わには云《い》わなかったが、彼にはそれは明らかに感じられたのである。実際、彼は妻を連れて行くことも出来た。その気持も心の中で動いたことがある。ところが、役所の帰り途《みち》で少女と話しているうちに、つい約束が出来てしまったのだ。音楽会のことは、少女の方から話し出した。無論、行きたそうな口振りだった。その時、彼は妻のことをチラと思い浮べて、ためらった。もしもその日までに妻との間にはっきりした約束が出来ていれば、勿論《もちろん》彼は少女の話をそのままに受け流したであろう。しかし、後から考えてみると、彼が妻とそれまでに約束していなかったと云うことは、彼の心の中にもしかしたら少女と一緒に行くようになるかも知れない、その時は困るなと云う計算があったことは否定できない。

彼自身は、そんなに音楽好きではなかった。誘われでもしなければ、高い入場料を払って音楽会へ行く気など無かった。仮に妻と一緒に行くとしても、それは妻への奉仕の意味でであった。とすればこの場合、彼が妻と行くことより恋人と行くことの方を選んだとしても、それは自然な感情であったと云うことが出来よう。ともかく、彼は十分にうしろめたさを意識しながら、妻を偽って、少女と待ち合せて音楽会へ行ったのである。彼は妻を偽ることの苦痛よりも、人目の多いところへ少女と二人きりで行くことの不安のまざったよろこびの方が強いことを知った。そして、音楽会を終って、少女と別れて家へ帰り着くまでは、殆《ほと》ど罪の意識に苦しめられることがなかったのである。

すすり泣きの声が高くなって、烈《はげ》しい泣き方に変った。それは耐え切れなくなって泣き出した小児のような、手放しの泣き方であった。二十四になる妻の、まだ少女らしさの消えない身体《からだ》が、身体ごと泣いている感じだった。このような泣き方をしたのは、結婚して以来初めてであった。（いよいよ、ヒステリーの症状を呈し始めたな）と夫は苦い顔をして思った。（本格的になって来たぞ。これは厄介なことになった）そして、階下へ降りて行って妻を泣き止めさせたものか、そのまま取り合わずに放っておいたものか、どちらを選べばいいのだろうかと少し迷う表情である。

彼は考える。ひょっとしたら、これは昨日音楽会へ行ったのがバレたのかも知れないな。とすると、妻の友達が誰かおれ達を見つけて、ご丁寧にうちのやつに知らせに来たのかも知れん。そいつは有り得ることだ。もしそうだとすると、まずいことをやったものだ。それとも、おれの咋日の素振りから、れいの直観力で看破したのかも知れない。この間も夕暮の川のそばの道を歩いていた時に、少女が小さな声で唱歌を教えてくれた。(若草の萌《も》ゆる野に丘にとりどりに匂《にお》う花の色)と云う歌だ。曲は英国の民謡だったと思う。おれは少女の声に和して歌った。ところがその晩、夕食を終ってから子供と遊んでいると、台所で片附けをしている妻が同じその唱歌を口吟《くちずさ》み始めた。おれはあの時ばかりは少々気味が悪かった。偶然であったのかも知れないが、さすがにいい気持がしなかった。

しかし、仮にあれに咋日のことが感附かれたとしても、余計な事はひと言も云わない方がいい。もうどうにもならないことではないか。成る程、妻を欺《あざむ》いてしまったけれども、こう云う風になって行くのも水の低きにつくが如《ごと》く、自然に進んで来たので、どうにも防ぐことが出来なかった。悲しんでいる妻に、どう云って慰めたらいいのか。それに、こんな時に下手に慰めようとしたり、機嫌を直そうとするよりも、まるきり取り合わないで置く方が、却っていい対症療法となるのではないか。癖になると大変である。鬱陶《うっとう》しくて、やり切れない、思い切って、突き離した方がいいんだ。まさか、自殺なんか、しやしないだろう。

夫はこのように考えて、放っておいたが、泣き声は少しも止む様子がない。その声は、一時の発作と云うにはあまりに絶望の色が濃いものであったが。それは夫の心の表皮のところではね返され、ついに深部にまで達しなかった。夫はこのことに全く気が附かなかったのであろうか。妻の深い悲しみに対して、強《し》いて眼をつぶろうとしたのではあるまいか。自己を傷つけまいとする気持から、妻の傷口からふき出す血を見まいとしたのではなかったか。

妻の泣き声が止まらないので、彼はイライラして来た。もしもみちこが眼を覚まして泣き出したら、眼も当てられないぞ。いい加減にしてくれ。何のきっかけもなしにいきなり一人で泣き出すなんて、考えて見れば暴力行為に等しい。

夫は立ち上り、階段を足音荒く降りて行った。妻は台所と茶の間の境の障子にもたれるようにして、手を顔に押し当てたまま泣いていた。烈しく肩を波立たせている。彼が降りて来たのを知っても、泣き止む気配がない。この時、夫は自分の気持が急速度に酷薄になって行くのを感じた。彼はしばらく黙って見ていてから、妻に向って無残な言葉を浴びせた。

「山出しの女中がホーム・シック起したみたいに、台所でヒイヒイ泣くのは止めてくれ。無智《むち》だよ」

云い捨てて、夫はそのまま二階へ上る。階下の声は泣きじゃくりに変り、それでもしばらく止まらなかったが、やがて静かになった。

あくる朝、夫はさすがに昨夜のことが気に咎《とが》め、朝食の時に妻に向って、しんみりした口調でこう云った。

「ゆうべは、ひどいことを云って済まなかった。許してくれ。あやまる。神経が、少し疲れているんだね？　そうだろ。疲れている時はね、何でもないことが、ひどく応《こた》えるものだ。それに、人間は誰だってめいめい不幸なんだ。みんな、その人の不幸を背負っているんだ。ただそれが他の人には分らないだけだ。もし分ったとしても、その人の不幸をその人ほどに感じてくれる人と云うものはいないのだ。そこでどうすればいいかと云うと、どんな場合でも自分だけが一番不幸な人間だと思い込まないことだ。誰もが孤独で、そして自分の不幸に耐えながら生きているんだ。そうなんだよ。自分だけを見つめたらいけない。そうすれば、自分の不幸が実体以上に大きく見えて来るものだ。自分よりももっともっと不幸に耐える人間が他にいくらでもいると云うことを知るべきだ。また、そう考えるより外に不幸に耐える方法はないのだ。生きなくちゃ、いかんのだ。なんでもかんでも、生きて行かなくちゃいかんのだ。分ったかい？　もう、ゆうべみたいに泣いたりするなよ。陰気くさくていかん。お前にも、このようにしてだんだんと人生と云うものが分ってゆくんだ。へこたれたら、駄目だ。強く、図太く、生きるんだ。不死身になれ。そして、うんと長生きするんだ。いいね、分ったね？」

夫は何かの本で読んだようなことを、したり顔して説いて聞かせた。その言葉の中には、多分に身勝手で狡《ずる》いところがあった。一方妻に対する真情もたしかに吐露されていたのである。妻は黙って、幾度もうなずいた。それは泣いた後の子供がするような素直さに見えた。夫はそれを見て、少しく安堵《あんど》した。ただ妻自身は、夫の言葉を聞きながら、ひどく空《むな》しい気持に落ち込んでゆくのをどうすることも出来なかった。

「今日はね、お二階で食事よ」

汗をふきふき帰って来た夫を見るなり、妻が云った。夫は無表情に、ふん、と答え、洗面所で水を頭から浴び、パンツ一枚のまま二階へ上る。

「おや？」

部屋の中を見て、驚いて振り返った。うしろからついて来た妻が、得意そうな顔をして、フフと笑った。いつも玄関に置いてある丸テーブルと折畳式の椅子《いす》をもって来て、夕食の支度が出来上っている。そして天井から水色や赤や黄色に染められた可愛い提灯《ちょうちん》が三つぶら下っているのである。

「分らない？　今日は……」

「あ、巴里祭《パリ》か」

七月の十四日である。

テーブルの上には、この家庭には家族の誰かの誕生日か、それとも二人の結婚記念日でなければ見られないメニュが列《なら》べられてあった。その上、夫の眼の前に、やがて冷え切ったビイルが運ばれて来た。

「わあ、凄《すご》い」

夫は思わず喜びの声を発したが、その後でわが家の財政に思い到《いた》り、苦い顔になった。

「無理をするなよ。巴里祭だなんてお祝いをやり、独立記念日だと云ってお祝いをしていた日には、破産してしまうじゃないか。外国のことまで構うな。後のことを考えろ」

すると、妻は、

「あとのことを？」

と問い返して、そっと笑った。

しかし、冷えたビイルを最初の一杯、一息に飲むと、夫はすぐに朗らかになった。

御馳走《ごちそう》を前にして不機嫌である必要はない。長女も一人前に自分の分をこしらえて貰《もら》って、ひとりではしゃいで食べている。それにビイルの酔いが身体中に沁《し》みて来ると、開け放した窓の外のプラタナスの葉越しにひろがる夕空が、何と美しい青さに見えて来ることだろう。

「今夜は、パリは賑《にぎ》やかだろうな。花火をポンポン打ち上げて、みんな踊ってるだろうな」

「行きたいな、パリへ」

「止《や》めといた方がいい。行ってみたら、きっとがっかりするよ。昔のパリとは違うんだから」

「行ってた人みたいな口きくな」

「花の巴里なんて、もうどこにもないんだよ。外観は変っていないかも知れない。しかし、人の心は変ったよ。パリの市民の殆ど大部分が、やっぱり僕らと同じように貧乏になってしまってるんだ。みんな、生きてゆくことはやり切れないことだと考えながら、生活している人たちなんだ。だから、今夜なんか、それこそうんと騒いでいる。夜通し踊るんだ。ただもう躁《はしや》いで踊るんだ。その気持が、僕らにはよく分るよ」

夫は酔うと感傷的になる癖がある。

「あたし、その人たちの間へ入って暮すわ」

「冗談は止《よ》してくれと云われるよ。パリの食糧を少しでも脅《おび》やかすことになる」

「構わないわ。下町で、お針《はり》娘《こ》になるのよ」

夫は呆《あき》れたと云う風に肩をすぼめて見せた。妻は二本目のビイルを持って来る。夫はそれを奪い取り、ポンと勢いをつけて栓《せん》を抜いた。

「いっぱいだけ、やろう」

「メルシイ・ムッシュウ」

「わあ、凄い。乾盃《かんぱい》だ」

夫は残りのビイルを飲み、トマトにかぶりついている長女を手すりのところへ抱いて行き、

ギンギンギラギラ夕日が沈む
ギンギンギラギラ日が沈む
まっかっかっか　空の雲
みんなのお顔もまっかっか
ギンギンギラギラ日が沈む

と歌った。

子供はもう一回歌えとせがむ。そこで夫はまた歌い始めた。頭の上の空をトンボがスイと通って、おとなりの桐《きり》の葉をかすめて飛び去った。目ざとく見つけて、

「チョウチョ、トッテエ？」

尻《しり》上りの声で、父親の顔を見上げる。

「チョウチョじゃない。トンボです」

「トンモ？　チョウチョ、トッテエ」

「もう、いまちぇん」

妻は夫と子供の対話を聞いていたが、下へ降りて行き、今度はポータブルを提げて上って来た。

「ダンスしませんか？」

「ウイ・マダム」

美しい夕映えがほの明るい夏の夜の空に融《と》けて行く。ワルツが鳴り出した。夫は裸のままで、

「パルドン」

と云って、白いワンピースを着た妻を抱く。

「何？」

夫はそれには答えずに、妻の身体をグッと引き寄せて踊り始める。いい香水の匂《にお》いが彼の鼻をくすぐる。妻の髪には小さな白いリボンが結んである。彼は、恋人の髪に茶色のリボンをつけたら似合うのにな、と思う。旋回する時に、頰がふれた。すると、子供が歩いて来て、妻にぶっつかって畳の上に倒れた。この子はこけても泣かない癖をつけてある。五六曲つづけて踊ると、夫は顔から汗がポトポト落ち始めた。

「もう止めるの？」

「こう暑くては、かなわん」

「パリは夜もすがらでしょ」

夫は階下へ降りて行ったが、洗面所で水を浴びる音が聞えた。妻は窓のそばに立って、またたき始めた星を見ている。子供は畳の上にうつ伏しになって寝てしまった。彼女は黙って空を見ていたが、夫が階段を上って来る音に、ハッと我に返ったように手すりを離れた。

プールサイド小景

プールでは、気合のかかった最後のダッシュが行われていた。

栗《くり》色の皮膚をした女子選手の身体《からだ》が、次々と飛び込む。それを追っかけるのは、コーチの声だ。

一人の選手が、スタート台に這《は》い上ると、そのままピタリと俯伏《うつぶ》しになって、背中を波打たせて苦しそうに息をしている。

この時、プールの向う側を、ゆるやかに迂回《うかい》して走って来た電車が通過する。吊革《つりかわ》につかまって立っているのは、みな勤めの帰りのサラリーマンたちだ。

彼等の眼には、校舎を出外れて不意にひらけた展望の中に、新しく出来たプールいっぱいに張った水の色と、コンクリートの上の女子選手たちの姿態が、飛び込む。

この情景は、暑気とさまざまな憂苦とで萎《な》えてしまっている哀れな勤め人たちの心に、ほんの一瞬、慰めを投げかけたかも知れない。

選手たちの活気から稍々《やや》遠ざかった位置に、一人の背の高い男が立って、練習を見ている。

柔和な、楽天的な顔をした男で、水泳パンツをはき、肩からケープを掛けている。

彼はこの学校の古い先輩であり、また今では小学部に在学する二人の男の子の父兄でもある青木《あおき》弘男《ひろお》氏である。

(青木氏は、ある織物会社の課長代理をしている)

その息子が二人、一つだけ空いている端のコースで、仲のよい犬の仔《こ》のように泳いでいる。上が五年生で、下がその一つ下だ。

青木氏の姿は、この四日ほど前から、夕方になるとこのプールに現われた。コーチの先生とは顔見知りであり、邪魔にならないように息子に泳ぎの稽古《けいこ》をさせてもらっているのである。

間には自分も、折り曲げたナイフのような姿勢でそっと飛び込み、二十五米《メートル》をゆっくりとクロールで泳いでいる。その手並は、なかなかちょっとしたものである。

もっとも、練習している選手に遠慮して、専《もっぱ》ら子供だけを水の中で遊ばせておいて、自分はプールサイドに立っている方が多く、時々は息子の質問に応じて泳法の注意を与えるが、あとは選手の猛練習ぶりを感心した様子で眺めていた。

……やがて、プールの入口の柵《さく》のところに、大きな、毛のふさふさ垂れた、白い犬を連れた青木夫人が現われた。

青木氏はしばらくたってから、これに気附いて、水を手で飛ばしてかけ合っている二人に声をかける。息子たちは従順だ。すぐにプールから上って、シャワーを浴びに走って行った。

半ズボンに着替えた青木氏は、スタート台の中央の椅子《いす》にがんばっている先生にお礼を云って、息子の後からプールを出て行く。

柵のところで待っていた夫人は、先生の方にお辞儀をしてニッコリ笑い、犬の鎖を上の男の子に渡し、夫と列《なら》んで校舎の横の道を帰って行く。

彼等の家は、この学校からつい二丁ばかり離れたところにあるのだ。

青木氏の家族が南京《ナンキン》ハゼの木の陰に消えるのを見送ったコーチの先生は、何ということなく心を打たれた。

(あれが本当に生活だな。生活らしい生活だな。夕食の前に、家族がプールで一泳ぎして帰ってゆくなんて……)

青木氏の家族が、暮色の濃くなった鋪装道路を帰って行く。大きな、毛のふさふさ垂れた、白い犬を先頭にして。彼等を家で待つものは、賑《にぎ》やかな楽しみ多い食卓と、夏の夜の団欒《だんらん》だ。

だが、そうではない。この夫婦には、別のものが待っている。それは、子供も、近所の人たち誰もが知らないものなのだ。

それを何と呼べばいいのだろう。

青木氏は、一週間前に、会社を辞《や》めさせられたのだ。理由は、――彼が使い込んだ金のためである。

子供たちが眠ってしまった後、夫婦は二人だけ取り残される。

藤棚の下のテラスに持ち出したデッキ・チェアーに身体を横たえて、向い合っているのである。何にも話をしない。時々、手にした団扇《うちわ》でめいめい足もとの蚊を追うだけだった。

夫人は、小柄で、引き締った身体の持主である。赤いサンダルを穿《は》いて、麻で編んだ買物籠《かいものかご》を片手に道を歩いている時の彼女を見ると、いかにも快活な奥さんと云《い》う感じがする。駅の近くのコーヒー店へ犬を連れたまま入って、アイスクリームを食べているところを見かけることがあるし、二人の男の子と走り合いをして、子供を負かして愉快そうに笑っていることもある。

　だが、今度の出来事には、彼女も少なからぬショックを受けた。思わずリングに片《かた》膝《ひざ》をついたというところだ。

「何を、いったい、したと云うの？」

　ボンヤリして帰って来た夫からクビになったと聞いた時、彼女は眼をまるくしてそう尋ねたのだ。

　毎晩、帰宅が十二時近く、それよりもっと遅くなって車で帰って来ることも度々のことであったが、それにはもう慣れっこになっていて、苦にもしないでいたのだ。得意先の接待、というのだが、それが毎晩続くわけでもないだろうから、自分勝手に遊んで来て遅くなることも多いに決っている。どこで、何をしているのやら、知れたものではない。

　だが、それは云ってみても仕方のないことだ。そんなに毎晩遅くなっても、本人は一向に身体に応《こた》えるということもなくて、文句も云わないのだから結構だと思うより外ない。

　会社のことはふだんからちっとも話さないので、彼女の力から聞きもしないでいたのだが、突然クビになったとは、またどうしたことだろう。

――金を使い込んで（その金額は、夫が会社で貰《もら》う俸給の六カ月分くらいだった）、それが分ってしまった。埋め合せるつもりでいたのだが、それが出来ないうちに見つかったと云うのだ。

本来ならば家を売ってでもその金を弁償しなければならないところだけれども、それは許す代りに、即日退職ということになった。

何ということだろう。十八年も勤めて来て、こんなに呆気《あっけ》なくクビになってしまうとは。

もしも夫が、物に動じない彼女を驚かせるために、こんな冗談を考えついたのだとしたら……。もしそうであったなら、どんなに嬉《うれ》しいことだろう！

だが、それが性質《たち》の悪い冗談でないことは、玄関へ入って来た夫を見た瞬間に、彼女には分ってしまっていたのだ。夫の背中に不吉なものが覆《おお》いかぶさっているのを、彼女は感じたのだ。

「どうにもならないの？」

「駄目なんだ」

「小森さんに頼んでみなかったの？」

「あれが、いちばん怒っているんだ」

小森というのは、ふだんから夫が一番親しくしていた重役だった。彼女はその家へ何度も行って、奥さんとはよく話をしている。

「あたし、謝りに行ってみようかしら」

「駄目だよ。もう決ってしまったんだ」

彼女は、黙ってしまい、それから泣いた。

最初の衝撃が通り過ぎたあと、彼女の心に落着きが取り戻された。すると、何の不安も抱いたことのなかった自分たちの生活が、こんなにも他愛なく崩れてしまったという事実に、彼女は驚異に近い気持を感じた。

それは、見事なくらいである。

(人間の生活って、こんなものなんだわ)

起った事を冷静に見てみれば、これは全く想像を絶したことではないのだ。夫はもともと勤直な人間ではない。意志強固な人間でもない。遊ぶことと飲むことなら、万障繰合せる男なのだ。どうして間違いを起さないということが保証出来るだろうか。

接待以外に社用で飲み食いするとしても、限度があるだろう。給料では、自前で飲むとしてもたかが知れているのだ。それを何となく安心していて、一度も疑ってみたことのない自分の方が、迂闊《うかつ》である。

夫の方にしてみても、大事に到《いた》るとは思ってもみなかったのだろうが、そういう風に物事を甘く見るところに、既に破綻《はたん》が始まっていたのだ。本当に埋め合せる気があれば、何とか出来た金額である。それは、やはり勤めの厳しさというものを夫が身に沁《し》みて感じることがなかったからに違いない。

結婚してから十五年にもなるのに、そういう危険を夫の身に感じたことがなく、「勤めを大事にしてね」と頼んだりしたことは覚えがなかった。

そういう風に考えてみると、彼女は自分たち夫婦が今日まで過して来た時間というものが、まことに愚かしく、たよりないものであったことに改めて気が附くのだ。そうなると、課長代理にまでなっていてクビにされた夫が俄《にわ》かにボンヤリした、智慧《ちえ》のない人間に見えて来る。その夫を、彼女は遊び好きの飲《の》ん兵衛《べえ》だが、それだけ働きのある夫だと思ってはいなかったか。そういう気持で、夫のことを学校友達のたれかれに話したことが無かったか。そんな自分が、腹立たしくてならない。

四十にもなって勤め先を放り出された人間は、いったいどうして自家の体裁を整えることが出来るのか。いったい、この人生の帳尻《ちょうじり》をどんなにして合わせるのか。

それは、考えるより先に、絶望的にならざるを得ない問題だ。しかし、考えずに放り出しておくことは出来ないことだ。

　びっくりするような大きな、黄色い月が、庭のプラタナスの葉の茂みの間から出て来た。夫人は、その方を見て、殆《ほとん》ど聞えないくらいの溜息《ためいき》をついた。


　子供たちは、父の突然の休暇を歓迎した。

　兄の方は、山登りに連れて行ってくれと頼むし、弟の方は昆虫採集に出かけようと云うのだ。

「だめよ、パパは疲れていらっしゃるんだから、家で休養しないといけないの」

　彼女はそう云って子供たちをなだめる。すると、夫は気弱く笑って、

「そうなんだ。パパはね、休養を欲しているんだ。遠くへ出かけるのは、今回はかんべんして貰いたい」

　子供たちは不承不承、めいめいの希望を引っこめた。その代り、三日目の夕方から、父を引っ張り出して、学校に新しく出来たプールへ泳ぎに行くことにしたのだ。女学部の水泳チームがインターハイのための合宿練習をしているので、本当ならプールへ入れないのだった。

　正直なところ、青木氏には裸になってプールへ入る元気など、全く無かったのであ

る。ただもう畳の上に長い手足を投げ出してへたり込んでいるばかりであった。それを促してともかく、水泳パンツとケープを持たせて家の中から出させたのは、夫人の力だった。（そんな風にしていたら、今度は病気になってしまうわ。気晴しに、泳いでいらっしゃい）

青木氏は、もともと運動競技が好きなのだ。学生の頃には、バレーボールの選手をしていたことがある。

これまでだって、日曜日の朝など、家の前の道路で、子供を相手にキャッチボールをすることはよくあったし、シーズンには夫人と子供を連れて大学対抗のラグビーの試合に行ったものだ。

だから、子供たちもまだヨチヨチ歩きの時分から海水浴に連れて行って、泳ぎを仕込んだのである。

最初の日、夕食の用意が出来てもまだ帰って来ないので、迎えに行ってみると、プールにいる夫は子供の後について家を出て行った時の様子とは大分違っていた。夫は、彼女が迎えに来たのも気が附かずに、板片を持ってビート（足で水をたたく練習）をやりながら根気よくゆっくり進んで行く選手の行方を腕組をしてじっと見送っているのだった。そんな夫を見ると、彼女は情ないとも何とも云えない気持で、

（なんていう人なんだろう！）

と心につぶやいたのだ。

二日目に、彼女はお礼と選手たちのおやつにと思って、チョコレエトを一箱買って持って行った。夫を柵のところに呼んで、それを先生に渡してもらうように頼んだ。するど、夫はそのチョコレエトの箱を持ってスタート台の中央にいるコーチの先生のところへ行き、愛想笑いをして渡した。先生は白い歯を出して笑い、それから大声で、

「おーい、記録縮めた者には、青木さんから頂いたチョコレエトをやるぞ。それ、頑張れ」

と怒鳴った。

先生のまわりにいた選手たちは色めき立って、「いやあ、ひどいわ」「先にくれたら、記録縮めまーす」などと口々に叫んでいる。

夫はそれを満足気に眺めながら、ニヤニヤ笑っているのだ。

チョコレエトの蓋《ふた》が開かれ、その中味は忽《たちま》ち先生のまわりに押しかけた選手たちに配られた。彼女らは、大騒ぎしながらチョコレエトを受け取り、夫の方に「頂きまーす」と云って口に放り込む。

さっさと帰って来ればいいのにと思うのに、夫は生徒らのそばから離れない。そのうちに先生の方から箱を差出されて、「一ついかがです」と云われ、さすがにそれは断わって、やっと自分の子供がいる端のコースへ戻って行った。

その様子を見ていると、彼女には夫がいったい無邪気と云うべきか、馬鹿《ばか》と云うべきか、分らなくなって、妙な気持になってしまうのだ。

帰りがけ、選手たちは夕暮のプールからこちらへ向って、「さよならー、御馳走《ごちそう》さまー」と可愛《かわい》く挨拶《あいさつ》を送って寄越すのだった。その声を聞くと、夫は照れくさそうに、ちょっと中途半端《はんぱ》に手を振って答えた。

南京ハゼの葉が空に残った夕映えの最後の光輝を受けて、不思議な緑色をしている。その葉の下を歩いて行くうちに、夫の顔がだんだん陰気になって来るのが分る。それを見ないふりしているのだが、彼女も自分の表情が沈んで行くのが分るのだ。

二人の前を犬を引っ張って兄弟が歩いて行く。時々彼等は犬の名前を呼ぶ。その声の強さが、彼女には疎《うと》ましく思われる。

「何か話をして」

と、彼女は声をかける。

「黙っていると、滅入《めい》りこんで来るわ」

「ああ、そうだ」

夫は、気が附いたように云う。

「何を話すかな」

「バアのはなし」

彼はびっくりして、妻を見る。

「あなたがよく行くバアのはなし」

「云ったって、つまらんよ」

「いいから、話して。あたし、考えてみたら、今まであなたから一度も聞いたことなかったわ。あなたがよく行くバアだとか、そんなところの話を」

彼女は夫も自分をも引き立てようとして、そう云ったのだ。

「さあ、話して頂戴《ちょうだい》。どんなキレイなひとのいる店で、あなたがバカなお金を使ったのか」

彼女はわざと蓮《はす》っ葉《ぱ》な云い方をしたのだが、夫はその瞬間苦痛の色を浮べた。それは、彼女にはちょっと小気味のいいことだった。

「いろいろ、ある」

夫は、やっと気を取り直して答えた。

「どこからでも、順番に話して頂戴」

そこで、月の光がさし込むテラスの上で青木氏が話し始めたのは、先《ま》ず金があまり無い時に行くOというバアの話だった。

——そこは、美貌《びぼう》で素っ気ない姉と不美人でスローモーションの妹が二人でやっているバアだ。

その店は、いつ行ってみても、二三日前に廃業したのではあるまいかと疑わせるような店だった。そういう気持で止り木の上に半分尻を乗せかけた姿勢でいると、五分くらいして、奥から妹の方がそっと出て来る。その出て来かたは、何とも虚無的な感じに包まれている。

断わるのかと思うと、ゆっくりスタンドの中にもぐり込む。それからそのあたりを片附けたりして、初めて客の顔を見る。不機嫌なのか、それとも身体《からだ》の具合でも悪いのかと思うが、それが普通で、その証拠に客がたとえば、

「何時《いつ》来ても、ここは西部劇に出て来る停車場みたいに人気《ひとけ》がないね」

と云おうものなら、忽ち白い歯を出してホホホホホと、嬉し気に笑うのである。

姉の方と来たら、怠業気分が一段と旺盛《おうせい》で、よくよく気乗りがしなければ、二階か

ら降りて来ないのだ。

もし客の方が勢い込んでドアを押し開けて入って来でもしたら、この不景気なとも不熱心なとも云いようのない店の空気に、妙な具合に調子をはぐらかされて、引っ込みも進みもならなくなるに違いない。そんなバアだった。

ところで、このバアの取柄は、安上りだということだ。先方がそういう風に、やる気がないのだから、こちらが反逆しない限り、安くて済むのは当然の結果である。

青木がそこへ行く回数が多かった理由は、安いと云うことは勿論《もちろん》だが、姉が目当てであった。

最初に友人に連れられてこのバアへ行った時、彼は姉の顔をフランス映画の女優で、現世的な容貌に彼岸的な空気を濃く漂わせているM……に似ていると思った。それは、ちょっと怖《こわ》いようなところがあったし、また徹底してロマンチックな顔でもあった。こういう女と人気のない夜の街路を散歩してみたらと云う漠然たる希望が、その時から彼の胸に生じたのであるが、その希望はほどなく達せられた。

アメリカの有名な選手の出る国際水上競技試合の切符を買って試みに彼女に渡したのである。多分来ないと思っていたが、その晩行ってみると、女は来ていた。

その帰り、二軒バアを廻って、車で夜更《よふ》けの市街をあてなしに走らせた。散歩、ではなかったが、ほぼ彼の願いはかなえられたと云っていい。

その間に、いくらかシンミリした彼女は、自分が幼年時代を父とともにハルピンで過したこと、夏になると太陽島へ連れて行って貰い、土色をして流れるスンガリの岸辺でロシア人の家族たちの間にまじって遊んだこと、帰りにはいつも江岸のプロムナードに面した食堂へ入り、楽隊のそばのテーブルで父はジョッキを何杯も飲み、自分は黒パンをかじりながらたそがれの河の面を眺めていたことなどを、彼に話した。

それを話す間、彼女は青木の肩に頬を凭《もた》せかけていた。青木は、こういう時にこそ接吻《せっぷん》をせねばと彼女の思い出話も上の空であったが、もし接吻しようとして相手が怒り出したりしては何もかもぶちこわしになるし、実際に彼女が怒ったとしたらどんなにか怖《おそ》ろしいことになりそうで、つい手出しが出来なかった。

その時以来、二度とそのような機会は到来しなかった。そのため彼はバレーや音楽会の高価な切符をフイにしたことも幾度かあった。青木はその後、彼女を久しきにわたって観察したが、アメリカとの水泳試合を見に行った夜の彼女は、確かにふだんの彼女とは違っていた。もしもチャンスというものがあるとすれば、あの晩がそうだったのだ。

彼女は、その夜以来まるで手がかりのない城壁のようになってしまった。その神秘的なと思える微笑を見る度に、彼は何とぞしてわが物にしたいと切に焦《こ》がれるのだったが、いったい何を考えているのか、そのうち誰かと結婚するつもりなのか、しないつもりなのか、好きな男がいるのやらいないものやら、まるで見当がつかなかった。

悪くすると、青木が来ているのが分っていても、二階から降りて来さえしない日がよくあるのだ。そういう時は、彼は心ならずも妹の方と一向に要領を得ない、スローテンポの会話を続けながら、不味《まず》そうにビイルを啜《すす》っているのである。

ひどい時になると、姉も妹も姿を見せず、梅干婆《ばあ》さんが店の奥から顔を出して、青木が甚《はなは》だ不服気に姉妹の所在を問うと、姉の方は二階に誰か客が来ていて、妹の方は歯が痛いと云って寝ていると云うような返事で、腹立ちまぎれにかえって止り木の上に腰を落ち着けて、婆さんのお酌でビイルを飲むこともあった。

この梅干婆さんは、どういうものか青木に対して同情的で、そんな時には三本飲んだビイルを一本分しか勘定につけないと云う好意を示すのだった。

婆さんにいろいろと探りを入れてみるが、姉の方にはパトロンとか愛人らしきものは居ない様子で、店を出したのはお父さんがお金を出してくれたという姉妹の話はどうやら本当のことらしい。二階に来ている客というのは父の親しい友人で、別に胡乱《うろん》臭い人物ではないことを保証するのである。

そう云《い》われても、彼女が二階の私室でその男と二人きり、何の話をしているのか知らないが、一時間も二時間も一緒にいるというのは、彼にはどうにも不愉快なことだ。

この店へ来る客と云うのは、結局みんな青木と同様、姉の美貌に惹《ひ》かれて慕い寄って来る連中であった。彼ひとりがつれない目に合わされているわけではないが、みなそれぞれ、満たされないままに、何となく未練が絶ち切れず、時々ブラリとやって来る様子で、そんな客とたまたま一緒になると、お互いに相手の態度ですぐそれと分るのだ。だから、青木も、阿呆らしいとは思いつつも、そのバアを見限りにすることが出来ずにいた。

ただ彼が不思議に思うことは、姉の方がちょっと他処《よそ》では出会うことがないほどの美貌でありながら、いつまで行ってもそのバアは恐ろしく不景気で、ついぞ大賑《おおにぎ》わいに賑わったことがないということだった。これはいったい、どういう理由によるものだろうか。……

彼が妻に向って話したのは、ここに書かれた通りではない。だが、ほぼこれだけの内容のことを語ったのである。

「それきり？」

「うん」

夫人は、フフ、と笑った。

「これまで、一度もそんなお話、なさったことがないわね」

「振られてばかりいるんじゃね」

「振られてばかり、でもないでしょ」

彼はぐっと詰ってしまう。

「いいわ、ムリに話して頂かなくて、結構よ。どうせ、本当のことなんか仰言《おっしゃ》らないんだし。いいわよ」

彼女は自分がまことに迂闊《うかつ》だったことに気附く。夫が会社の金を使い込んで、それが分ってクビになった。その事実があまりにも大きな衝撃であったために、彼女はすっかり心を奪われてしまっていた。

〈女がいる。夫が大金を使い込んだのは、女のためだったのだ〉

この考えが、夫の話を聞いている途中、霹靂《へきれき》のように彼女を打った。

彼女は自分の内部に生じた動揺を隠した。そして、夫が話し終ると、さり気なく、その種の告白を切り上げさせたのである。

夫が話したことは、それはどうでもいいようなことなのだ。彼が秘密にしなければならないのは、もっと別のことである。ハルピンで育った、フランス映画の女優のM……に似た女とのことは、多分一種の陽動作戦のようなものなのだ。彼女は、本能的な敏感さで、それを感じ取ったのである。

もしも彼女がせがむならば、夫は今のとは別の、ちょっと気を持たせるようで、実は危険なものではない、女とのかかわり合いを、いくつか彼女に聞かせるかも知れない。だが、その手に乗ってはならない。

どうでもいいことは、全部さらけ出したかのようにしゃべる。そして、それらの背後に、男が針の先もふれないものがあるのだ。

メデューサの首。

彼女はそれを覗《のぞ》き見ようとしてはならない。追求してはならない。そっと知らないふりしていなければならないのだ。

夫に「何か話をして」と云い出した時には、彼女は夢にも思っていなかった。バアの話という註文を出したのも、二人の気持を引き立てるつもり以外に何もなかったのである。

だが、何ということだろう。彼女は無心に陥穽《かんせい》を設けてしまったのだ。そして今や我とわが身をその穴の中へ陥《おとしい》れてしまったことに気が附くのだった。

次の日も、夕方になると青木氏は二人の男の子を連れて家を出て行った。

夕食の支度をしながら、夫人はこのような奇妙な日常がいつまで続くだろうかという問いを心の中で繰返してみる。

生活費はあと二週間でなくなってしまう。彼等の預金通帳は、ずいぶん前から空っぽである。夫婦とも入ったら入っただけ使ってしまう性質なのだ。すると、その後は売り食いでつないで行くより外ない。半年くらいは何とかもつだろうか。

彼女の実家は、戦争前には貿易商をしていて比較的ゆったりした暮しをしていたが、戦後はすっかり逼塞《ひっそく》してしまっている。

夫の方にしても、兄弟三人いるが、みな似たりよったりのかぼそい役所や会社勤めの身である。

ふだんは何とも思わないでいたが、いざこのような破目に陥ってみると、二人ともまるで天涯孤独の身も同然である。どこにも身を寄せるところがない。

子供がいなければ、何とかまだ暮しを立てる方策があるかも知れない。自分が働きに出て、ともかく自分一人の口を糊《のり》することは出来ないことはないと思う。それも、身に何の技術も持たない彼女には、よほどの覚悟が必要に違いないが。しかし、小学校に通っている男の子二人いては、それは到底出来ない相談である。

そういう風に考えて行くと、夫が新しい働き口を見つけることに成功しない限り、家族四人は一緒に暮すことは出来ないことになる。だが、四十を過ぎた女房持ちの男が、会社をクビになって世の中に放り出されたものを、いったいどこに拾って養ってくれるところがあるだろうか。

彼女は思うのだ。つい一週間前には、自分はどんなことを考えながら夕方の支度をしていたのだろうか。それはもうまるで思い出すことも出来ない。

何時《いつ》、どういうわけで、こういう変化が自分の上に生じたのだろうか。どうして出し抜けに、自分たちの生活の運行に狂いが出来てしまって、それでこのようないわれのない苦痛と恐怖を味わっているのであろうか。どういう神が、こんな理不尽な変化を許したのか。

自分が今、ガスの火をつけたり、その火の上からフライパンを外したりしていることの動作は、これはどういう意味を持つことなのか？　どういうわけで、自分の手がこんな風にまるで決ったことのように忙しく動いて行くのだろう。

これまでずっと来る日も来る日も自分が当り前のこととして続けて来たこれらの動作を、今も現にこうしてやっているのは、何故《なぜ》だろう？　これは、何かヘンな間違いではないのか。

——彼女は急に一切が分らなくなるような不思議な気持になって来るのだ。

夜。子供たちが寝たあとで、夫はウィスキイを飲みながらこんな話を彼女にしゃべった。

僕の会社のあるビルでは、各階のエレベーターの横に郵便物を投げこむ口があるんだ。

それは九階から一階まで縦に通っている四角い穴というわけだ。廊下に面したところは、透き通っていて、手紙が落ちるのが外から見えるようになっている。その前を通りかかると、白い封筒が落下してゆくのを見ることがある。それは廊下の天井のところから床までの空間を、音もなく通り過ぎるのだ。続けさまに、通り過ぎるのを見ることもある。

この廊下が、うちのビルは特別薄暗い。あたりに人気のない時に、不意に白いものがスッと通るのを見かけると、僕はドキンとする。その感じはどう云ったらいいだろう。何か魂みたいなもの——へんに淋《さび》しい魂のようなものなんだ。

その廊下を一歩離れると、油断も隙《すき》もないわれわれの人間世界が、どの部屋にも詰っているわけだ。だから、その部屋から押し出されて、ひとりでトイレットへ行って来た帰りなどに、それに出会《でくわ》すんだな。

朝、何か仕事の都合で、僕が出勤時間より早く社へ出かけることがある。まだ一人も来ていない会社の部屋の中を、僕は見廻してみる。すると、いつもそこに坐《すわ》っている人間がいなくて、その人間を載せている椅子《いす》だけがある。その椅子を見ていると、そこに当人が存在しないだけ、よけいその椅子がその男の頭のかたちだとか、眼の動かし方とか、しゃべる時の口もとの動きとか、背中の表情とかいうものを、まざまざと映し出すのだ。

尻《しり》が丁度乗っかる部分のレザーは、その人間の五体から滲《にじ》み出て、しみ込んだ油のようなものでピカピカ光っている。それはきっとその人間の憤怒《ふんぬ》とか焦《いら》だちとか、愚痴や泣き言や、または絶えざる怖《おそ》れや不安が、彼の身体《からだ》から長い間かかって絞り出した油のようなものなのだ。僕にはそう思えてならない。

椅子の背中のもたれるようになった部分、そのひしぎ具合にも、その男のこの勤め場所での感情が見られる。否応《いやおう》なしに毎日そこへ来て、その椅子に尻を下ろす人間の心の状態が乗りうつるのは当然のことではないだろうか。

僕は、自分が坐っている椅子をも、そっと眺めやる。何という哀れな椅子だと思って。しがない課長代理の哀れな椅子よと……。

僕がどんな時ビクビクしないでここに坐っているだろう。自分の背中のところで、不意に誰かが咳払《せきばら》いをしたら、僕の身体は椅子の上から二三寸飛び上るかと思うほど、ドキンとするのだ。だが、このように絶えず何かに怯《おび》えているのは、僕ひとりだけではないのだ。

会社へ入って来る時の顔を見てごらん。晴れやかな、充足した顔をして入る人間は、それは幸福だ。その人間は祝福されていい。だが、大部分の者はそうではない。入口の戸を押し開けて室内に足を踏み込む時の、その表情だ。彼等は何に怯えているのだろう。特定の人間に対してだろうか。社長とか部長とか課長とか、そう云う上位の監督者に対して怯えているのか。それも、あるに違いない。だが、それだけではない。それらは、一つの要素にしか過ぎないのだ。その証拠に、当の部長や課長にしたところで、入口の戸を押し開けて入って来る瞬間、怯えていない者はない。

彼等を怯えさせるものは、何だろう。それは個々の人間でもなく、また何か具体的な理由というものでもない。それは、彼等が家庭に戻って妻子の間に身を置いた休息の時にも、なお彼等を縛っているものなのだ。それは、夢の中までも入り込んで来て、眠っている人間を脅《おびや》かすものなのだ。もしも、夜中に何か恐ろしい夢を見てうなされることがあれば、その夢を見させているものが、そいつなのだ。

誰もいない朝、僕は椅子や机や帽子かけやそこにぶら下っているハンガーを見ていると、何となく胸の中がいっぱいになってしまうことがあった。それらは、ここに働いている人間の表象で、あまりに多くのことを僕に物語るからだ。

「うちのカアちゃんがゆんべも泣いておれのことを口説くんだ。どうかお願いだから短気起さないで、月給は安くて今のままのピイピイでも我慢するから、決して早まったことしないで後生大事に勤めておくれよって。そう云って泣きやがるんだ。おれもつい考え込んじゃったよ」

そう云った男の椅子が、そこに、机にピシャンと押しつけられて、あるのだ。僕は、その椅子を見ると、その男が家計のことからついそんな愚痴話を僕に聞かせた時の、声音《こわね》から恥ずかしそうな微笑まではっきり思い出してしまうのだ。

——夫の話は、そこで終る。

バアの話もしなかったけれど、会社勤めのつらい思いをこんな風に話したことは、これまであったかしら。

夫がそのような気持で会社に行っていたということは、彼女に取っては初めて知ることなのだ。とすると、何という、うっかりしたことだろう。いったい自分たち夫婦は、十五年も一緒の家に暮していて、その間に何を話し合っていたのだろうか？

夫の帰宅が毎晩決って夜中であり、朝は慌《あわ》てて家を飛び出して行くという日が続いて来たとしても、自分たちは大事なことは何一つ話し合うことなしにウカウカと過して来たというのだろうか。休日には家族が一緒に遊びに出かける習慣は守られていたが、そんな時、夫はどんなことを自分に云い、自分はどんなことを尋ねていたのだろう。彼女は、夫が会社勤めということに対してあのような気持を抱いていようとはついぞ考えてみたこともなかったのである。ただ遊び好きの人間のように思っていて、それで毎晩夜中になるまで帰って来ないのだと、何でもなく考えていたのだ。

結婚した時から夫はそういう風だったので、それが最初から固定観念となって彼女の心に植えつけられていたようだ。日曜日に必ず家族でどこかへ出かけるということは、月曜日から土曜日までの非家庭的な生活に対する埋め合せだったが、それにしても毎日早く帰って来るが、休日も同じことでボンヤリつまらなく送ると云うやり方よりは、かえって充実感があっていいと云う風に、彼女は思っていたに違いない。

夫の話を聞いてみると、夫が会社を終ってから用がない時でも真直《まっす》ぐに帰宅しないのは、勤めていることに対して始終苦痛を感じていたからだと云うことが、彼女には分った。家へ帰っても、心の休息を得られなかったのだろうか。妻や子供たちを見ると苦しくなって、バアやキャバレエで女と一緒にいると苦痛を忘れるというわけなのだ。

そうすると、いったい自分は夫に取ってどういう存在なのかしら？　彼女の心には、そんな疑問がふと生じる。あたしたちは夫婦で、お互いに満足し、信頼し合っているとひとりで思い込んでいたのに、自分が夫の心を慰めるという点ではちっとも役に立っていなかったとしたら、あたしは何をしていたのだろうか。

会社勤めの不安や苦痛を一度もあたしに話さなかったということは、外で、あたし以外の誰かに、それを始終話していたのではないか。その誰かが、今度の出来事の陰に佇《たたず》んでいるのではないのか。

姉妹のいるバアのことを夫が話した時、啓示のように閃《ひらめ》いたのはその女のひとの映像だった。その想念には、恐ろしいリアリティがあった。彼女は、身震いして、その想念を慌《あわ》てて追いやろうとしたが、出来なかったのだ。

朝起きて、夫がそのまま家にずっと一日中いるという生活は、最初彼女を当惑させたが、一週間もその暮しを続けると、その方がいいという気がして来るのだった。

もしも、夫がこうして毎日外へ働きに出て行かないで、家族が生活してゆけるものだったらいいのになあ。彼女は、自分たちが太古の時代に生れていたとしたら、それが普通のことだったのにと思う。

男は退屈すると、棍棒《こんぼう》を手にして外へ出て行き、野獣を見つけると走って行って躍りかかり、格闘してこれを倒す。そいつを背中に引っかついで帰って来て、火の上に吊《つる》す。女子供はその火の廻りに寄って来て、それが焼けるのを待つ。もしそういう風な生活が出来るのだったら、その方がずっといいに決っている。

男が毎朝背広に着換えて電車に乗って遠い勤め先まで出かけて行き、夜になるとすっかり消耗して不機嫌な顔をして戻って来るという生活様式が、そもそも不幸のもとではないだろうか。彼女は、そんなことを考えるようになった。

暗闇《くらやみ》の中で夫がじっとして何か考えている様子だった。

「眠れないの?」

彼女が声をかけると、夫は急いでそれを打ち消すように、

「いいや、いまウトウトしかけているところなんだ」

それから、ちょっとして、

「だいぶ昼寝したからな」

と、云った。

「眠れるおまじない、して上げようか？」

彼女はそう云うと、夫の顔の上に自分の顔をそっと近づける。二人の眼蓋《まぶた》がふれ合うくらいの距離になる。

おまじない、ではない。これは彼女が発明した愛撫《あいぶ》の方法なのだ。睫毛《まつげ》の先と先とが重なるようにして、眼ばたきを始める。

自分の睫毛のまたたきで相手の睫毛を持ち上げ、ゆすぶるのだ。それは不思議な感触だ。たとえば二羽の小鳥がせっせとおしゃべりに余念がないという感じであったり、線香花火の終り近く火の玉から間を置いて飛び散る細かい模様の火花にも似ている。

暗い夜の中で、黙って彼女は睫毛のまばたきを続ける。それは、慰めるように、鎮《しず》めるように、また不意に問うように、咎《とが》めるように動くのだ。


青木氏は出勤を始めることにした。

十日間の休暇は、終ったのである。子供たちが、「いつまでお休み出来るの？」と尋ねるようになった時、もう休暇を切り上げるべき時期が来ていたのだ。

それに近所の人たちの中に、何となく疑わし気な眼で青木氏を見る者が出て来たことを見逃《みのが》してはならない。現に買物に行った先で、彼女に向って探りを入れるような質問をした奥さんもいたのである。

こういう秘密は、驚くべき速さでひろがってしまうものだ。近所に同僚の家は無かったが、どんなところから噂《うわさ》が伝わって来ているかも知れないのだ。ともかく、子供たちのことを考えると、休暇だと初めに云《い》った以上、何時《いつ》までもこうしているわけには行かない。そしてそろそろ新しい勤め口を探しにかからねばならないわけだ。そこで、青木氏は朝、いつも会社へ出かけていた時刻に家を出かけることにしたのである。

最初の日。夫が出かけて行くと、彼女は何となくグッタリしてしまった。彼女の心には、夫が晩夏の日ざしの街を当てもなしに歩いている姿が映る。雑沓《ざっとう》の中によぎれて、知った人に出会うことを恐れながら、おぼつかない足取りで歩いている夫の悩ましい気持が、そのまま彼女に伝わって来るのだ。

人目を避けるために、映画館の暗闇の中で画面を見つめているかも知れない。或《あるい》は百貨店の屋上のベンチに腰を下ろして、幼児を遊ばせている母親の姿を眺めているかも知れない。

そのようなイメージが不意に崩れて、どこか見知らぬアパートの階段をそっと上って行く夫の後姿が現われる。彼女は全身の血が凍りつきそうになる。（危い！　そこへ行ってはいや。いやよ、いやよ、いやよ……）

彼女は叫び声を立てる。それでも、夫はゆっくりと階段を上って行く。（いけないわ。そこへ行ったら、おしまいよ。おしまいよ）

このような想像が、家にいる彼女を執拗《しつよう》に襲った。

夕方。

彼女は台所に立って働いている自分を発見する。熱を病む人のように、けだるさが彼女の全身にひろがっている。

家の前の道路で、子供がキャッチボールをやり始める。二人がしゃべっている声が聞えて来る。

「凄《すご》く速いんだ」

「メキシコ・インディアンさ」

「一日中、カモシカを追いかけまわして、それでも平気なんだ」

「タマフマラ族だよ。タ・マ・フ・マ・ラ」

「日本へ来ればいいのになあ」

そんな言葉が、ボールの音の合間に、脈絡なしに彼女の耳に響いて来る。

（……夫は帰って来るだろうか。無事に帰って来てくれさえすればいい。失業者だって何だって構わない。この家から離れないでいてくれたら……）

彼女はマッチを取って、ガスに火をつける。それから手を伸ばして、棚の上から鍋《なべ》を下ろす。

（帰って来てくれさえすれば……）

プールは、ひっそり静まり返っている。

コースロープを全部取り外した水面の真中に、たった一人、男の頭が浮んでいる。明日からインターハイが始まるので、今日の練習は二時間ほど早く切り上げられたのだ。選手を帰してしまったあとで、コーチの先生は、プールの底に沈んだごみを足の指で挟《はさ》んでは拾い上げているのである。

夕風が吹いて来て、水の面に時々こまかい小波を走らせる。

やがて、プールの向う側の線路に、電車が現われる。勤めの帰りの乗客たちの眼には、ひっそりしたプールが映る。いつもの女子選手がいなくて、男の頭が水面に一つ出ている。

相客

弟にこんな話を聞いたことがある。

オールナイト食堂で会った二人の男の話だ。

一人は三十くらい、もう一人は四十くらい、二人とも劇場にでも働いているような男である。

二人は弟の真向いに坐《すわ》っていたので、自然とその話し声が耳に入ったのである。

客は大勢いた。芸者のような女を連れて来ている男もいた。

二人の男は御飯と玉子焼を註文した。その時、年上の男はお新香は要らないと云《い》って断わった。

女中が行ってしまった後で、その男は自分の連れに向ってこんなことを話した。

「わしは子供の時分からオコウコ（と男は沢庵漬《たくあんづけ》のことをそう云った）と云うやつをよう食べなかった。尋常四年の時にひとりで朝鮮へやられたが、送りに来たおばが船の人に『この子はオコウコだけよう食べないから、出さないようにしてくれ』と云って頼んでくれた。それに船が出たらやっぱりずーっとオコウコが出た」

男はその時どんなにがっかりしたか、今でも忘れることが出来ないと云う風に話した。

それは午前三時頃であったそうである。

この話を聞いてから、もう二年くらい経《た》つ。私は時々、何かの拍子にこの男の話を思い出すことがある。

私は、なぜ彼が尋常四年の時にひとりきりで朝鮮へやられたのだろう? 誰か身寄りがいたのであろうが、それは短い期間のことであったのか、それとも朝鮮へ行ったきり、そのまま向うで大人になるまで居たのか、どっちだろうと考えたり、「おば」と男が云ったのは、彼を養育していた伯母（或《あ》るいは叔母）のことなのか、それなら両親は早くに亡《な》くなって引き取られていたのであろうか。もしそうだったら、その「おば」のところからまた朝鮮のようなところへやられたのは、よくよく心細く、頼りない身の上であったのだなと思ったりもするのだ。

或いは、その男が「おば」と云ったように弟の耳に聞えたが、それは自分の母親のことを何かそんな風な云い方で云ったのかも知れない。

いずれにしても、なぜその男が小学生の時に朝鮮へ行ったかということは、全く分らなかった。

ただ、その時に船の中で嫌いな沢庵漬が食事の度に出されて非常に失望したことと、彼が今の年になってもやはり沢庵漬を口にしないことだけしか分らない。

しかしこの話は私に隠された男の残りの部分の生活を暗示しているようにも思われる。「ニンジンはいや」とか、「トマトは食べない」と云うのは、世の中の恵まれた家庭の我儘《わがまま》な子供の云うことである。

オールナイト食堂で弟が聞いた話は、同じ好き嫌いでも、違った印象を与える。私はそれを聞いた時、悲しい気持がしたが、悲しい気持だけではなかった。

本人が真面目《まじめ》であるのに、物事がちぐはぐにうまい具合に行かないのを見る時には、滑稽《こっけい》な感じを伴うものである。それにそういうことは、貧乏な人間と金持とでは、貧乏な人間の方に起りやすいように思われる。

私はここでもう一つの話を思い出す。それは人から聞いたことではなくて、私が直接耳にしたことだ。好き嫌いの話ではないが、それに近い話だ。

それを私に話した人の名前を、私は覚えていない。会ったのは一度だけであった。十年前のことである。

私とその人は奇妙なめぐり合せで一緒に汽車で旅行をした。

ガーディナーという人が書いた「ア・フェロー・トラヴェラー」というエッセイを読んだことがある。

ロンドンの市中を発車した列車が、市の中心から遠ざかって行くにつれて、客は一人降り、二人降りして、しまいにはその箱の中に彼が一人だけ取り残されてしまう。閑散とした夜行列車の中で、彼はひろびろとした空間をたった一人で占有した喜びを味わいながら、ここで何をして遊ぼうと自由だとひとり言を云っている。

逆立をして通路を歩いても誰も文句を云わないし、床の上でマーブル遊び（おはじきのような遊びか？）をしても構わない。

その時、彼は誰もいないと思っていた箱の中に、一人だけ客がいたのを発見する。

その相客というのは、一匹の蚊だ。

彼は偶然にも同じ列車の同じ箱に二人だけ乗り合わして、夜の静寂な空気の中を旅行することになっためぐり合せを喜び、退屈まぎれにこの蚊に向って、ながながと演説を始める。今度、気が附いた時は、そばに顔見知りの駅員が立っていて、「あなたの降りる駅ですよ」と彼をゆり起している。

知らない間に相客は何処《どこ》かで下車してしまっていた。

——そんな話である。学校時代に教科書で読んだので、記憶もあやふやであるが、大体右のような筋であった。

その人と私は、やはりフェロー・トラヴェラーとなったのだが、それは普通の旅行ではなかった。

それにガーディナーの作とは違って、おそろしく混んでいた。私たちはどうにか座席に坐ることが出来たが、通路には人がいっぱいで、便所に行くには一大決心を必要とした。

夜の汽車であったので、人々は重なり合ったまま眠っていた。みんな身動き出来ないままに、人いきれと暑気とでむし暑く、息づまりそうな箱の中でじっとしていた。しかし、私が普通の旅行でないと云ったのは、この混雑を指しているのではなかった。

私の兄がレンバン島から帰って来たのは、その前の年の初夏であった。

その南方の孤島で、兄は俘虜《ふりょ》生活を送って来たのである。乏しい食事とマラリヤのために、ずいぶん瘠《や》せて帰って来た。

その前に会った時は、戦争中で、ジャワの俘虜収容所から内地へイギリス人やオランダ人の俘虜を送還するのに引率者としてついて来た時であった。（私の兄は、チラチャップにある俘虜収容所の副官をしていた）

その時の兄を記憶していた私には、三年振りに見る兄があまりに瘠せてしまっているのにびっくりした。

兄はそれでも元気なことは元気だった。

帰ってから何日か経った朝、兄が云ったことを覚えている。ラジオで、毎朝、女の人が「グッド・モーニング・ツー・ユー」という歌をうたっていた。

兄は何かの時にそのことを知って、

「そうか。雲に露、というのは、変った歌だなあと思っていた」

と私に云った。

私はそれを聞いて笑ったが、その女の人のゆるやかな声はそう云われると、本当に「雲に露」と云っているように聞えた。

兄はそうだとばかり思い込んでいたと云った。

その言葉には、いかにも復員者にふさわしい深い感じがあった。

兄が帰って来た時、家には長兄夫婦と私の夫婦とがいた。私は二番目の兄が帰って来る半年前に結婚していた。

妹と弟がいたが、二人は父と母が住んでいる、大して遠くはない疎開先の家にいて、時々こちらにも来た。

兄はもう結婚していてもいい年であったが、長い軍隊生活のため、「婚期を逸した」のであった。自分でそう云っていた。

兄に取っては、シナで右の腕を機銃弾で打ち抜かれて、その後がもと通り屈仲出来なくなったことを除くと（その他にもイヤなことはいろいろあったとしても）、自分の青春時代とピッタリ重なった軍人としての生活を享受《きょうじゅ》しているように見えた。独身でいることが、この兄には不自由な、侘《わび》しいものではなく、むしろ気楽で、好都合であったと思われる。大抵の若い将校がそうであったように。

その気になりさえすれば、外地での生活は、結婚して物資の乏しい国内で世帯を持つことにくらべれば、遥《はる》かに愉快なものであったろう。兄の消息から、私はそのような活気とある豊富さというものを感じていた。

家に帰った兄は、自分ひとりだけ妻帯していないために孤独であった。

兄は元気なことは元気であった。早く結婚したがりもしなかった。

それでも、やっぱり身の廻りのことが不自由で、本人はそう思っていなくても、不器用に自分の飲む煙草《たばこ》を巻いている姿などは、侘し気に見えた。

その上、兄はしばらくの間、何処にも勤めに出ないでいた。兄は童話や童話劇の原稿を書いていた。

その方面の仕事に兄は情熱を持っていた。私は今でも兄に対して悪かったと思うが、この時期の兄を捉《とら》えていた情熱に対して理解が少なかった。

理解が少ないという点では、長兄も私と大して変りはなかったように思う。兄は私たちから何となくまともでない職業に進もうとしているように思われていた。

収入が不定であることが、そのような危惧《きぐ》の念を私たちに与えていたのかも知れない。

その頃、長兄がこちらの家の家計を父から委《ゆだ》ねられていた。私は学校の教師になったばかりであったので、いくらで宜《よろ》しいと云われただけの額を月給の中から長兄に渡していた。

長兄は会社勤めをしていた。

そこで、二番目の兄は原稿料が入った時に自分の食いぶちを世帯に入れるということになるので、芸術上の意欲があまり尊重されなかった。

兄はスポーツマンである長兄よりも私を味方に思っていて、今度書こうとする童話のアイデアを力をこめて話すことがあったが、私はおだてることよりも、傍観的であるか、無理解であることの方が多かった。

兄は肩身が狭い思いをしていたに違いない。時々マラリヤが起って、二階で布団《ふとん》の中にもぐり込んでいることがあった。マラリヤという病気は、一度それにかかると或る期間、その人間の身体《からだ》の中に潜伏しているものである。

兄は自分はまだマラリヤが治っていないと云っていたが、この病気を知らない私たちには、兄が病気であると云って自分を保護しようとしていると考えることがあった。

疎開地にいる父が私たち兄弟を呼び寄せて、開墾をさせたり、芋をつくらせたりする時にも兄は「マラリヤ患者」だと云った。私たちはそれを畑仕事を逃《のが》れるための口実に決めてしまった。

長兄も私も弟もみんな軍隊へ行ったが、マラリヤにかかったのは二番目の兄だけだった。

そのような状態が一年近く続いた。

途中で兄は父が決めた就職先のある事務所へ出かけるようになったが、まだ結婚することが出来なかった。

兄はしかし新しい勤め口が気に入っていた。それで、勤めないでいた時分よりは、すべてはよくなっていた。

ある日、この兄の上に思いがけないことが起った。

それは悪いことであった。私は今その時のことを思い出してここに書こうとすると、暗い、不吉な空気がもう一度蘇《よみがえ》って来るのを感じる。

私はそれを書きたくない気持がする。

父が勤め先である学校（それは私たちの家から五分で行けるところにあった）を出て、その頃いつもしていたように郊外の山荘へ帰って行く前に、私たちがいる家へ立ち寄ろうとして急ぎ足に歩いて来た。

電車道を横切ろうとした時、停留所に二番目の兄が見たことのない男と並んで立っていて、向うからやって来た電車に乗ろうとするところに出会った。

その場の空気からヘンなものを感じたので、父は、

「おい、おい。何処へ行く」

と声をかけた。

兄は困ったような顔をして父を見て、

「この人と……」

と云って、その後は云い難《にく》そうにしたまま電車に乗って、行ってしまった。

父は胸騒ぎがして、家へ帰った。すると、近くの警察署から来た刑事が兄を連れて行ったことが分った。

戦犯の容疑者として取調べを受けるために東京へ連れて行かれると云うことだけしか知らされていなかった。前にも書いたように戦争の途中で兄はジャワのチラチャップにある俘虜収容所の副官をしていたことがある。

俘虜収容所に勤務していて、ある程度責任のある地位にいた者は、早晩このような目に会うことを覚悟していなければならなかったとも云える。

しかし、私たちはそんなことは考えていなかった。無事にレンバン島から帰って来ることの出来た兄を、もう危険なことはないと思い込んでいた。

兄もそう思っていたに違いない。

それに兄は自分が逮捕されて裁判にかけられる原因となるようなことを特に思いつかなかったのであろう。兄がレンバン島から帰って来て大分経ってから、私は兄からこんな話を聞いたことを思い出す。

私たちはその時、山荘の父に呼び出されて、収穫した芋を手押車に満載して畑から山荘まで運ぶ作業をやっていた。

私と兄とは車を押しながら、赤松の林の横のゆるやかな坂道を歩いて行った。

兄の話は、オランダ人の俘虜の話だった。ある時、兄はジャカルタへ用事で出かけることになった。それを聞いた一人のオランダ人の俘虜は、兄に自分の住んでいた街の名前と家の番地を書いた紙片を渡して、どうか自分が元気でいることを妻に知らせてやってほしいと頼んだ。

そういうことは無論してはならないことであった。兄はそのオランダ人に対して、「お前一人のためにそんなことは出来ない」と云った。

ジャカルタへ行った兄は、出張の用事を終って一泊することになった。

兄は俘虜の家族に会いに行ってことづけをすることが、軍人としてやってはならないことであることを承知していた。しかし、自分に懇望した俘虜のために、もしその気になれば短い時間で簡単に果せるそのことづけを出来ることなら果してやりたいとも思った。

兄はどっちつかずの気持のまま、宿舎で夕方の食事をした。

この時、兄はビールを少し飲んだ。酔いが兄の気持の中でシーソーのようになっていた二つのもののうち、一方に重みをかけた。

すぐに兄は車を拾って、オランダ人の留守宅を尋ねて行った。家はすぐに分った。

呼鈴を鳴らすと、大きなお腹をした女が出て来た。兄は自分が何者であるかを告げずに、「あなたの夫は元気だ」とひと言だけ彼女に云った。

オランダ人の細君は怪訝《けげん》な表情で兄を見た。

そのまま兄は戸口のところから車に戻り、宿舎へ引返した。出張を終って収容所に帰ったあとで、兄はその俘虜に会うと、行ったとも何とも云わずに、ただ手で大きなお腹を示してみせた。

それを見た彼は、失神しそうになった。喜びのためである。

留守宅の細君のお腹にあったのは、何番目の赤ん坊なのか、それとも初めての赤ん坊なのか、私はそれを聞かなかったように思う。

私は兄が俘虜収容所にいた間に何か残虐《ざんぎゃく》な行為をしたと云う風には考えることが出来なかった。

私たちの家族はみなそうであった。

しかし、留守中に兄が突然居なくなってしまった時から、兄は私達がどうすることも出来ない大きな力の働いている世界へ移されてしまった事を感じないわけには行かなかった。

その晩、父は警察署長の官舎のすぐ近所にいる知人の医師の宅を訪問して、兄に面会させてくれるように頼んでもらったが、署長は戦犯の場合には自分の権限ではそれが出来ないからと云って断わった。

私と長兄は父について行ったが、その返事を老人の医師から聞いて一層暗い気持になった。

この医者は父の古くからの友人であった。私は兄弟の中でも一番この人に親しんでいた。

その人を私は前から古武士のような人と思っていた。こんな時には一番頼みになる人である。

父もそう思ったに違いない。しかし、駄目であった。私たちはいったんその医者のところへ戻って、相談した。

医者は明日の朝もう一度交渉してみると云った。父と長兄と私とは電車に乗って家へ帰った。

あくる朝早く、その医者から父に電話がかかって来た。それはしかし、喜ばしい知らせではなかった。

兄は今日の夜行で東京へ移され、巣鴨《すがも》拘置所に入る。その前に正午に府庁で面会することが出来る。特別に誰か家族の者が一人だけ巣鴨まで見送りに行くことを許可して貰《もら》った。

そういう電話であった。父はその尽力を感謝した。

「誰が送って行くか？」

父はその役目を私にやらすことにした。

汽車に乗るまでに私が経験したことのうちで、私は次の二つのことだけ書いておこうと思う。一つは、最後の面会の時のことだ。

係りの人以外には誰もいない府庁の広い室の隅で（その日は日曜日だった）、母が大急ぎでこしらえた弁当を家族の者が兄を囲むようにして食べさせた。それは御《ご》馳《ち》走《そう》ずくめであったが、兄がどんなに頑張ってもとても全部は食べることの出来ない弁当であった。

私はこの兄が陸軍に入営した時、最初の面会日に父と長兄と三人でサンドイッチや甘いものを持って出かけて、丁度こんな風にして兄を身体で隠して、こっそりと食べさせたのを覚えている。

その時は、まだよかった。兄は驚くべき早さでそれらをつめ込んだから。

府庁では兄はまわりの家族の者から、「これがうまいよ」、「これも食べよ」と云《い》われたが、咽喉《のど》に入りにくそうであった。

それにこの慌《あわただ》しい面会時間に、兄は私たちに裁判の際に兄のために有利な証言をしてくれる俘虜の名前を思い出して云うことを求められた。

私は手帳に兄の話すことを急いで書きとめた。

父は嘆願状を占領軍司令官宛《あて》に出すから、何か印象的な事実で兄が外国人の俘虜が喜ぶようなことをしてやったことがないか、それを話せと云った。

この時の兄は少しばかり落着きを失っていたので、なかなか私たちが望むような恰《かっ》好《こう》なトピックを思い出すことが出来ないらしかった。

兄は吃《ど》りながら、俘虜の希望を入れて収容所の庭に花壇をつくらせてやったこととか、クリスマスの時に彼等の欲する行事を許可してやったとか、その他にも二、三のことを云った。

私はそれを書きとめながら、もっと何か強力なものはないかと兄に質問した。

この間にも兄は母や妹に、「これを食べなさい」、「これはおいしいのよ」と云われながら、全く何を口に入れているのやら見極めることも難かしい有様であった。

兄は食物よりも煙草を吸いたがった。煙草をよくのむ兄は、留置場で一晩煙草を吸えなかったことを苦痛に感じたのだ。

長兄は煙草を渡して、マッチを擦ってやる役をした。その煙草を兄は話の合間と弁当を食べる合間に、ここで吸って置かないともう二度と吸えなくなるかも知れないと云う風に、大急ぎで吸った。

面会時間はまたたく間に終りになった。父は最後に兄に向って、

「わしに出来る限りのことをやってやるからな」

と云った。

次は、ジープに乗ったことだ。

私はアメリカ兵がジープで走るところを始終見ていたが、「あれに乗ってみたい」と思ったことはなかった。

ところが、私はこの時、ＭＰの運転するジープに兄と附添の刑事と三人で乗って、府庁から大阪駅まで街の中を走った。

私は妙な気持がした。この場合、軽快なジープに兄と一緒に乗っていることも、走って行く街中の商店や通りが休日の昼下りのあの閑散な眺めを呈していることも、どちらも私の胸にはつらく応《こた》えた。

もうひとつ。駅の構内で私たちは広々とした進駐軍将兵専用の待合室へ入れられた。そこにはトランクを一つ提げて何処《どこ》かへ旅行するいかにも身軽なアメリカ軍人の姿が

見られた。

どういう用事でこれから彼等が汽車に乗るのか分らないが、その姿は「自由」そのもののように私の眼に映った。

彼等が何気なしに時間表を眺めているのを見ると、私は、「あの連中にはこんな不安は感じなくても済むのだな」と思わずには居られなかった。

黒人の兵隊も入って来た。私は軍隊の制服を着ている彼をきっと羨《うらや》ましい眼つきで見ていたに違いない。

私たちはここで非常に長い時間待たされた。


始めに私が「その人」と云った人と会った時のことを、私はどうしてかはっきりと思い出せない。

私たち家族の者が府庁へ行った時、同じ室の別のところで、その人も家族の人と会っていた。しかし、私は兄のことに気を取られていたので、誰とどんな風に会っていたか記憶していない。

人数はたしかに私たちの方が大勢であった。来ていたのは奥さんと他に誰か一人か、二人くらいではなかったかと思う。

とにかく、その人の方は淋《さび》しかった。ジープも別々であった。駅へ着いてからも、兄とその人とが話をするところを私は見なかった。

私たちには府庁から派遣された刑事が二人ついて行くことになっていた。そこで私を入れると、一行は五人であった。

駅員に案内されて、私たちは大阪発東京行の急行列車に乗った。私たちが車内に入るか入らないかに、物凄《ものすご》い足音がしてフォームの階段をかけ上って来た乗客が顔色を変えて躍り込んで来た。

その人たちは朝から何時間も行列をつくって待っていた人だ。

私たちは五人で向い合せの座席に坐《すわ》ったが、坐っている私たちの膝の間にまで人が押されて入って来た。

通路の側に腰かけた刑事は、肘《ひじ》と膝《ひざ》とでそれを食い止めねばならなかった。

汽車が発車してからのことであったが、私の右側にいた刑事は、背中を押して来る一人の男に、自分が警察の者であることをほのめかした。

彼はこんな云い方をした。

「おい、おい。あんまり気安う押してくれるな。こっちは普通の人間やないんやからな」

相手の若い男は、向うを向いたまま、「そんなこと知るもんか。混んでる時は、窮屈なのは当り前だ」という意味のことを云った。

彼は私たちがただの旅行者でないことを空気から察していたと思われる。その時の声は大きくはなかったが、「刑事が何だ」と云う気魄《きはく》が感じられた。

「こっちは普通の人間やないんやからな」

と刑事が云った時、私はひやりとした。私はそれが警察の者であることを相手に知らせるための威《おど》しの言葉だと云うことを承知していながら、「こっち」というのが私の兄ともう一人の人を指して云っているように感じたからだ。

私は「普通の人間でない」と云う云い方からわれわれ日本人が関与することの出来ない、既に別の大きな力が支配している世界に移されてしまった人、と云うひびきを感じた。

勝手にさわってはならない人。そういう意味にも受け取れたのだ。

夜になっていた。

私は兄と一緒に行く人とどういう風に会話を交えたのか、よく思い出せないが、次のことを知った。

その人は終戦の時に陸軍大尉《たいい》で、スマトラのある飛行場で飛行場大隊長として勤務していたことがある。

ある時、飛行場の近くに不時着した戦闘機の搭乗員が捕虜になった。彼等は毎日作業に連れ出されていたが、日本兵が油断している間に自分たちの故障した飛行機を目立たないように少しずつ修理した。

誰もこのことに気附かなかった。

ある日、彼等はすっかり修理を終った飛行機を操縦して、飛び立とうとした。もう一瞬発見が遅れたら、そのまま彼等は脱出に成功しているところだった。

憲兵が来て、この大胆な捕虜を連れて行き、処刑した。この事件が起ったのは、飛行場大隊長である彼が用事で十日間ほど留守にしていた間のことであった。

今度指名されたのは、その事件があった時に飛行場大隊長であったことから、処刑の命令を出したのは誰かということを調べられるためだと思うと、その人は話した。

命令を出したのは自分でないことが立証されればいいがと云う風に云った。私はその話を聞いた時、「大変なことに関り合ったものだ。この人は何という運の悪い人だろう」と思わずには居られなかった。

その気持は同情というようなものではなく、もっと重苦しい、希望のないものであった。

「この人は助からないかも知れない」

私はそう思った。

しかし、その人は非常に落着いていた。物腰はおだやかで、静かだった。

年は兄よりも五つ六つ上のようであった。応召になるまで勤めていた電鉄会社にもと通り勤務していて、何かの役についている人だった。小学四年の女の子と五つの男の子と、その下にもう一人赤ん坊がいるということも聞いた。

この人は自分の運命に希望を抱いているのか、全くそういうものを見出せないで沈んでいるのか、ちょっと分り難いくらい、落着いて見えた。

私たちは夕食を食うことにした。

私は家から四人分の弁当を預かって来ていた。私はそれを分けた。

一人の方の刑事は、みんながゆっくり食べられるように座席を外して、その間だけ立っていてくれた。

私は父から渡されたウィスキーの入った入れ物を出して、みんなに勧めた。私はこういう役目のためについて来ているのであった。

二人の刑事は遠慮したが、私は「折角用意して来たのだからどうか上って下さい」と云った。

私は飛行場大隊長をしていた人にもウィスキーをつぎ、私たちのお菜をつまんでくれるように頼んだ。

私の母はその日の朝早く山荘からかけつけて、休む間なしにこの弁当をつくったのだ。

御飯とお菜とは別の折に入っていて、お菜の方は別に一折こしらえてあった。それはお昼に兄が食べたものに劣らず、豊富な内容であった。

飛行場大隊長をしていた人は、少量の酒と弁当を持って来ていた。その弁当は、私の母がつくったものよりは小さく、つつましやかに見受けられた。

それで私は、この人に一生懸命すすめた。私は兄にも同じように勧め、遠慮しがちな刑事にも勧めた。

私はそのうちに、いくら私が勧めても、この酒は勧め甲斐《がい》のない酒だ。この母が力を入れてつくった料理も、勧め甲斐のない料理だと思い、泪《なみだ》が出そうになった。

この時、窓の外にとてもいやな色をした月が見えた。それは非常に近いところに見えた。

その月の色は私たちが時たま鶏卵の中に発見するような、黄身が赤みがかったものに似ていた。

私はちょっと見て、眼を外《そ》らした。

「もっとウィスキーを上って下さい」

飛行場大隊長をしていた人がいくらも飲まないうちに飯の方に箸《はし》をつけ出したのを見て、私は云った。

すると、その人は、

「いや、頂きます」

と云って、私のついだグラスを受け取ってから、

「私は軍隊にいる間に、メシをさかなにして酒を飲むくせがついてしまいましてね」

そう云いながら、ちょっと恥ずかしそうに笑った。

今では酒とメシを同時に始めないと、酒の味がしないのだそうである。私はその話を珍しく思ったので、未《いま》だに覚えている。

もう一つの話というのは、このことだ。

五人の男

私の家の隣りは、外から見ると普通この附近にある住宅のようであるが、二階全部と階下の三部屋を学生や勤め人に貸している。

最近では夫婦者も一組入っている。

私鉄の駅から歩いて約十五分のところで、通勤又は通学に便、とは云《い》い難いが、それでも大体いつも部屋はふさがっている様子である。

みんな若い人ばかりだが、中に一人だけそうでないのがいる。年が違っているだけでなく、生活態度も違っている。この人は三月ほど前に越して来た。

私は大ざっぱに生活態度と云ったが、真面目《まじめ》とか不真面日ということではない。私は隣りの家に間借りして暮している人がどういう人だか知らないし、顔さえ知らない人が大部分である。

ましてやみんなの人の生活態度について知っている筈《はず》がない。

しかし、私がその男のことを云おうとすると、どうしても生活態度という言葉を使うより他に考えがない。

彼の部屋は階下にあり、庭ひとつ隔てて私の家に面している。庭には植えてから三年ほど経《た》ったプラタナスの木が三本と瘠《や》せた梨《なし》の木が一本ある。この瘠せた梨の木が、丁度彼の部屋のすぐ前に生えている。

彼は勤めに出かける時も帰って来る時も玄関を通らずに庭から廻って、自分の部屋に出入りしている。そして、家にいる時は、庭に面したガラス戸を開け放している。

この男が部屋の中で祈るのである。

何によらず他人の生活を覗《のぞ》き見ることは宜《よろ》しくない。私もそれが宜しくないことは知っている。

覗き見する人のことを英語でピーピング・トムと云うそうだ。この場合、対象は主として裸女とか、それに類したものを指すのであろう。

ピーピング・トムというのは、言葉の響きからして蔑《さげす》むべき小人物らしく聞える。

私は自分がピーピング・トムには絶対にならないなどと云うつもりはないが、この男を見るのはそういうのと類を同じくしているわけではない。

どんな男かということを先に話すと、長身で、髪が黒く、代赭《たいしゃ》色の顔と瘠せているが堅そうな身体《からだ》をした男である。ちょっとアメリカン・インディアンに似ているところがある。

年はよく分らないが、五十くらいと思っても差支えなさそうな人物である。私は彼が出勤するところを何度も見かけたことがあるが、真直《まっすぐ》な姿勢で、ゆっくりと歩いて行く。カバンを提げている。

この男が部屋の中で祈るのである。

私が勤めから帰って来る頃には、それがもう大抵始まっている。もしもまだ祈り始めていない時は、長い膝《ひざ》を両方の手で抱くようにして、じっと坐《すわ》っている。上着もズボンも脱いでしまって、シャツとズボン下のままで、そうしている。煙草《たばこ》を吸っている時もあるし、カバンの中の物を出して整理している時もある。

膝を抱くようにして坐っている時も、それ以外のことをしている時も、祈る時と同じ位置に同じ壁の方を向いて坐っている。

彼がそうしている姿はいかにも休息しているといった感じであり、また祈りを始める時間が来るのを静かに待っているという風にも見える。

彼の横には大きな石油コンロのようなものが置いてあり、その上に小さな薬罐《やかん》がいつも載っている。

彼は祈りの合間にこの石油コンロの方を向いて、何かすることがある。自分の口髭《くちひげ》をつまんでいることもある。

そんな余裕のあるところが、私の気に入ったのかも知れない。

彼の祈り方は熱心ではあったが、狂信的でなく、何処《どこ》かゆったりしたところがある。祈りながら何度も坐り方を変える。正座をしばらく続けた後では、あぐらをかいてまた祈るという具合である。

よく手をシャツの中に入れて、肩をかく。祈っている途中でも、痒《かゆ》くなる時は自由に手をそこへ持って行って、掻《か》いている。

私はこの男がいったい何の神様に祈っているのか知らない。彼はいつも同じ壁の方を向いて祈っているが、この壁に何かあるのか、それとも何もないのか、外からはよく見えない。

どうも何も置いていないような気がする。外から見えるのは壁にかけたシャツとか服だけである。

彼の祈り方は、こうだ。先《ま》ず両手を胸の前で合せる。顔は少し上に向けて眼を閉じる。

(無論、私には彼が眼を閉じているところは見えないが、彼の動作を見ていると、この時眼を開けているとは思われない。）

合せた手をやがて少しずつ下して行き、頭を下げる。

この間、無言である。しかし、彼が胸の前で合せた手を下し、頭を下げる時は、恰《あたか》も一区切りついたという風に見えるので、心の中では何かある文句を唱えているのかも知れない。

彼はこの後ですぐにまた手を合せて、次の祈りに移る。続けさまに祈るのだが、その合間にはさっき云ったように石油コンロの方を向いて何かしたり、シャツの中に手を入れて肩の痒いところをかいたり、口髭をひねったりすることがある。

緊張しているようで、寛《くつろ》いでいる。寛いでいるようで、緊張している。彼の祈り方は、そういう祈り方であった。

私は家の中にいても、彼が祈っているところがよく見えるので、わざわざ見るつもりはなくても、つい立ち止って見てしまうことが多い。

私は道を通っていて、池だとか川っぷちで釣りをしている人を見ると、そのまま立ち止って、しばらく眺めている人のように隣りの家で祈っている男を見るのだ。

何かに没頭している人を、さし当って用事のない人間が、「ああ。あの人は何か愉快そうに、打ち込んでやっている」と思って、その人のしていることを見ずには居られない——そういう心理が働くのかも知れない。

だから私はただ彼が祈っているところを見るだけで、それ以外のことは考えない。それ以外のことというのは、例えば、「彼は何をいったい祈っているのだろうか？」とか、「彼の宗教は何という宗教だろうか？」とか、「それとも彼は何の宗教にもよらないで、ただああして一人で祈っているのだろうか？」などという疑問である。

これは当然考えてみるべき問題であると思うが、私はぼんやり見ているだけで、考えない。

彼がしていることは甚だ単調であるから、ぼんやり見ていると云ったって、三十分も一時間も見ているわけではない。私には妻も子供もいるので、もし私が家の中のひとところにじっと立ったまま、庭越しに隣りの家の間借人のしていることを眺めているところを家族の者が見たら、いったい何と思うだろう。

みっともないことである。

私は努めて自制しているが、隣りの男は一日として夜の祈りを怠る日がなく、どういうわけか、祈る時はいつも庭に面したガラス戸を開け放してあるので、私が晩になって会社から帰って来ると、一番に眼に入るのが彼なのである。

私の家族の顔を見るより先に瘠せた梨の木のそばにある彼の部屋が見え、彼の部屋が見えるよりも早くその中に坐っている彼が見えるのだ。

するとその時はもう彼は祈り始めているか、何時《いつ》でも祈り出しそうな姿勢で坐っている。私は正直に云うと、その姿が眼に入る度に喜びを感じるのだ。

この気持はいったい何と説明すべきものだろうか？

私が不思議に思うのは、彼があのひと間に家族もなしに暮していながら、少しも哀れ気に見えないことだ。そのために私は普通だったら私が考えるだろうと思うようなこと、つまり、「彼は何故《なぜ》こんなところで淋《さび》しい間借り生活をしているのか？」とか、「この男は前には結婚していたが、不幸続きで妻子を全部失ってしまったのだろうか？」とか、「何かの理由であの年になるまで一度も妻帯しなかったのだろうか？」という風なことを殆《ほとん》ど考えてみたことがない。

彼が部屋の中でしていることを見ると、どうしてか、そういう考えが起らず、していることだけを順番に見てしまうのだ。

私は何故そうなってしまうのか、理由が分らない。

もしこれが逆で、彼の方が庭越しに私の家の中でみんながしていることを見ているのなら、ちっともおかしくない。私たちがやっていることといえば、人数も多いし、大人も子供もいるので、外から見ているとずいぶん面白いだろうし、また理解に苦しむようなことだってたくさんあるに違いない。

ところが、彼の方では見られるだけで、私たちの動静にはまるっきり無関心でいる。私は彼が縁側のところからこちらを見ているところを見たことがないばかりか、彼はどういう訳か、決して庭の方を向いて坐ったことがない。向くのはいつも壁の方で、従って私の家の方はそれでは見えないのだ。

この男のことについてもうひとこと付加えておきたいのは、彼の勤め先が宗教と全く関係のないところだということだ。

隣りの家の人の話では、彼は「普通の会社」へ行っているそうだ。「普通の会社」と云っても、どんな会社なのか、私にはちょっと見当がつかないが、そんなことはどうでもいいことだ。

どこの会社へ行っているにせよ、彼はまことに規則正しい生活を送って居《お》り、夜はいつでも祈っているのである。


私はある時、バスの中で若い男と女が二人に取って致命的と思われるような失策について話し合っているのを聞いた。

ひょっとすると、これは私の思い過しで、致命的というのは大げさな云い方になるかも知れない。もしそうであったら、結構だ。

あと二日でその年が終るという日であった。私はE橋の停留所で都心へ行くバスを待っていた。会社の用事で出かけた帰りであった。

仕事が思ったより手間取ったので、あたりはもうすっかり暗くなってしまっていた。もし会社に残っていたら、もうそろそろ机の上を片付けにかかっている頃だった。

空っぽのバスが走って来た。乗ってみると、空っぽと思ったバスに先客がいた。それが初めに云った若い男女の二人連れで、空っぽのバスの　番うしろの席に端の方に寄って腰かけている。

男の方は足もとに木の箱を置いて、その上に両方の足をのせていた。

二人は私が乗って来たので中断していたらしい会話をバスが走り出すとすぐに始めた。私は真中へんに腰をかけたが、彼等の話し声が自然と耳に入った。

女が先に云った。

「難しい字ならとも角、誰でも知ってる字だのに」

女は自分の連れを責めているのだった。

男はすぐには返事をしなかった。私は二人の方を見ないようにしていた。

「誰でも知っている字だのに」

女がもう一度云った。

私は何の字のことを話しているのだろうと思った。しかし、それはすぐ分った。

「おれは今まで見たことないよ」

と黙っていた男が云った。

不貞《ふて》くされた声であった。どうやらさっきからずっと女が彼を責めていたらしかった。

「エヒメと読むなんて知るもんか」

「そんなこと云ったって。小学校の教科書にだって出ているし、知らない筈《はず》なんてないわ」

「おれは見たことないよ」

男は恐《こわ》い声を出した。女は黙った。

「お前はあっちの人間だから、知ってる筈だよ。おれは静岡から先行ったことないんだから」

それきり、二人の会話はとぎれてしまった。男が最後に云った言葉には、女を黙らせてしまわずにはおかないものがあった。

バスは街中を走っていたが、暗く、淋れたような感じのところばかり通り抜けて行った。

私は黙りこんでいる二人の気配を感じながら、窓の外を見ていた。

「愛媛という字はなるほどそういう字だな」

と私は思った。

それをエヒメと読むのを知っている者には、何でもない字だが、知らない者には全く見当のつかない字だ。知らない字でも、見当をつけて読める字とそうでない字があるからな。知っているからこそ何とも思わないで読んでいるが、知らないと本当に困るだろうな。

私はいくつかの県の名前を思いついた順に頭に浮べてみた。それらはどれも間違いの起る可能性が全くない名前であった。

若い男は運悪く「愛媛」に当ったのであった。

私は「愛媛」がいったい何に関聯《かんれん》したことなのか、まるで見当がつかなかった。男がこの字を何と読むのか知らなかったためにどんなことになるのか、それも分らないわけであった。

ただ私に分ることは、その時彼がこの字を読めなかったのは取り返しのつかないことであり、男の失策が彼等を不幸にさせているということであった。女が男を責めても、男が恐い声を出して女を黙らせても、彼等の不幸は無くなりもしなければ軽くもならないのであった。

黙ってしまった二人は、めいめい心の中で何を考えているのだろう？

バスは急にネオン・サインが明るく、雑多に光っている展《ひら》けた場所へ出て来た。もうすぐ終点であった。

「これからどうするの？」

と女が云《い》った。

それはすっかり心細そうな声であった。男がさっきあんな声を出したので、やっぱり彼女の方から男の機嫌を直してもらうようにしなければならなくて云った声だった。

男は今度は普通の声で云った。

「お前は店へ行って」

——さんに話をしろと、人の名前を云った。

それから、自分は何処と何処と何処へ廻ると云った。

「あたし、どうしよう？」

二人が降りる停留所が来たので、男は立ち上ってそれまで足をのせていた木の箱を手でつかんだ。それを持ち上げると、返事を待っている女に、

「電話をかけろ」

と云った。

「あなた、いる？」

男は荷物を持って出口の方へ歩いて行った。

「何時頃にかけるの？」

女がそう尋ねたのは、私の前を男のうしろからついて行く時だった。

男は何か返事をした。私はその時、女が着ているオーヴァーの下で、ナイロンの靴下が少したるんで皺《しわ》になっているのに気が付いた。

二人が降りたところは、ガラスの内側に新型自動車を置いた店が並んでいる一角であった。バスが走り出した時、私は急いで彼等の姿を眼で追おうとしたが、ほかの車のかげに隠れて、忽《たちま》ち見失ってしまった。


D氏は私の父の知人で、私が中学生の頃によく私たちの家へ来て愉快そうに話をしていた。

ずいぶん大きな人であった。大兵《たいひょう》肥満という言葉は、今は古風な言葉で誰も使わないけれども、この人はさしずめ大兵肥満の人であった。

その上、D氏はひどい斜視であった。顔の色がいつも艶々《つやつや》していて、縁無しの眼鏡をかけ、いつも葉巻を吸っていた。D氏が私の家へやって来るのは、同じ町内に住んでいるからであったが、第一に話好きであったからだ。この人が来るのはいつも夕食後で、家族がみんな揃《そろ》っている時であった。

自分の話を聞く人が大人であると子供であるとを問わず、一人でも多い方が、話好きな人に取っては張り合いがあるのに違いない。

私も両親や兄たちのそばにいて、D氏の話を聞いた。その話のうちで最も印象に残っているのは、D氏がアメリカへ行った時、シカゴの市中で昼間、二人のギャングにつかまって脅迫されたが、逆にその二人のギャングを地面に叩《たた》きつけたという話である。

どんな風にしてやっつけたかということはもうすっかり忘れてしまったが、それを話している時のD氏の表情といかにも力の入った話しぶりとだけは今でもはっきり記憶に残っている。

私は夢中になってD氏の顔を見つめていたが、相手のギャングを叩きつけるところでは、(そこが話の主要な部分であったが) 思わず、

「そんなにひどくやっつけても大丈夫なのか?」

と心配になったほどであった。

その話を私の父や母はどの程度にまともに受け取っていたか私は知らない。あまりうま過ぎる話なので、いくらか法螺《ほら》も入っていると考えたかも知れない。

しかし、この人は人兵肥満の人であり、それに柔道の方はどうか知らないが、剣道の有段者であることは本当らしかった。

その話をした時でも元気で、強そうな人であったから、アメリカへ行った時はもっと若くて、もっと力があったに違いない。

もしかするとこの人は実際にギャングをやっつけたのかも知れない。私たちの前で話した通りのやっつけ方ではなかったにしても。

私は今の気持からすれば、この人がシカゴの街で二人のギャングを地面に叩きつけた話は、法螺ではなくて、本当の経験談であったと思いたい。

D氏が「今晩は」と云って入って来ると、私は早くも、また何か痛快な話をしてくれるかも知れないという期待で、心が躍った。

ギャングをやっつけたというような話はその時だけで、後にはなかったが、この人が話すと、世の中の何でもない、普通のことが、みな何か勇ましい話のように聞えるのだった。釣りに行った話でも、そんな風に聞えた。

D氏が部屋の真中にいると、そこに大きなエネルギーのかたまりがあって、家の中の空気をすっかり変えてしまうように感じられた。

D氏はそのひどい斜視の眼で、先《ま》ずしっかりと話す相手を見つめた。ところが、その席にいる者はD氏が今見ているのは果して自分なのか、それともまわりの誰かなのか、判断がつきかねた。

もしうっかり自分ではないと思って、相槌《あいづち》を打つか頷《うなず》くのを怠ると、D氏が見ているのはどうやら自分らしいことが分って慌《あわ》てなければならなかった。

反対に自分に云っているのだと思って、何か云いかけると、D氏が見ているのは他の人であることが分ったりする。

「だから困る」と、D氏が帰った後で兄たちが話していたのを私は覚えている。

それにD氏は話をしながら、みんなの顔に度々視線を転じた。自分の話の効果を確めるというよりは、聞いている者の全部に対して万遍なしに注意を喚起するためであったのだろう。

顔があっちを向き、こっちを向き、それもただ向きを変えるだけでなしに、誰かをしっかりと見つめるために向きを変えるので、その度にみんなはこの人のどちらかの眼に注目した。

笑い方にも特色があった。

こういう身体《からだ》をした人は自然とあんな笑い方になるのだろうか。お腹の中で烈《はげ》しく空気が震動しているが、その空気が外へ飛び出すのを咽喉《のど》の奥でせき止めるようにして笑うのだ。

その笑い方はギャングを二人叩きつけた人にふさわしかった。この人が笑い始めると、その部屋にいる者は誰でもつり込まれて笑わずには居られなかった。

そのうちに戦争が始まり、それがだんだん大きくなるにつれて、もうそれまでのように夕食後に誰かが訪ねて来て、夜が更《ふ》けるまで雑談を楽しむという風なこともなくなってしまった。

私の家でも兄たちが真先に支那《シナ》大陸に派遣され、大分遅れて私、弟という順番に戦争に出かけて行き、家には男の兄弟がひとりもいなくなってしまった。

私が戦後D氏に初めて会ったのは、復員してから四、五年経《た》った頃であった。私はもう結婚もし、背広を着て電車で通勤する大人になっていた。

D氏に会ったのは、その通勤の電車を待つ駅のフォームにいる時だった。私の名前を呼ばれたので、呼んだ人を見ると、D氏だった。

私は最初D氏が瘠《や》せて、以前のような元気が無くなっているのにびっくりした。身体が全体にいくらか縮小したような感じであった。

もし私が戦争が終った直後に会ったのなら、瘠せて元気のないこの人を見てもそんなに驚かなかったかも知れない。それが普通であったから。

しかし、もうその時から四、五年経っていた。

二人は満員電車の中で吊皮《つりかわ》に下ったまま、ターミナルの駅までずっと話をした。D氏が主に話をした。

縁無し眼鏡と斜視だけは前のままで、私は話を聞きながら、どっちの眼を見て頷いたらいいのか戸惑った。

この人が経営していた水産食品加工の会社が戦争末期には殆《ほと》ど商売が出来なくなっていたところへ、戦後その立ち直りを計るべき時期に喘息《ぜんそく》が起って二年間何も出来なかったということから、最近になってやっと商売がやれるようになったが、健康はまだもと通りというわけではないという風なことを話した。

私はこの人が喘息で苦しむなどとは全く思いもかけないことであったので、二度びっくりした。空襲で何もかも失ったというのではなく、店も家もちゃんと残っているのに、自分の身体の内部から出て来た病気のためにこんな風に弱ってしまうというのは、あんなに大きくて力強かった人だけに不思議なことに思われた。

私は喘息という病気のことはよく知らなかった。小学校の同級生に喘息でよく休む子がいたが、彼は顔色もよくなく、身体も猫背で大きくなかった。

とても苦しい病気で、発作が起った時は障子の紙を夢中でかきむしるという話を聞いたことがある。私は発育盛りの年頃に他の病気とは違って、どこか陰気な感じのする病気のために休みがちなその友達を気の毒に思った。

喘息に関する私の知識はその友達のことだけであったので、私は剣道の有段者で、柔道も相当の腕前らしいD氏がどうして突然喘息で苦しむようになったのか、理解することが出来なかったのだ。

私はそれから時々、D氏に駅で出会った。或《あ》る日、D氏は私の顔を見ると、ソ連で発明された冷凍植皮という手術を昨日受けに行ったと話した。

その手術をやっているのは、私たちの住んでいた都市では共産党の有力な拠点と見なされていた病院であった。

「喘息を治すのに、共産党だって何だって、そんなことは君、何も関係のないことですよ」

と、D氏は云い、私の同意を求めるように顔を見つめた。

私は自分もそう思うと云った。

「今のように新しい医学が世界各国で発達している時に、ソ連でやり出したものは共産党だからいけないなんて云ってたら、どうなりますか。アメリカであろうがソ連であろうが、医学は一つじゃありませんか。私が共産党の病院へ行って手術をしてもらったからと云って、私が何も共産党を応援するということにはなりませんよ。そうでしょう？」

私は全くその通りですと云った。

D氏はその病院へ出かけて行って、左の腕の上膊部《じょうはくぶ》の皮膚を小さく、マッチ箱の半分よりもまだ小さいくらいに切り取って貰《もら》った。

剝《は》ぎ取った皮は冷蔵庫の中へ入れておき、この次、一週間経ってから行った時に剝《は》がしたあとへ貼りつけてくれる。

「痛かったですか？」

私が聞くと、

「私も痛いんじゃないかと思っていましたが、思ったほどのことはなくて、簡単でしたよ。この辺です」

そう云って、服の上から皮を切り取った部分を教えてくれた。切った後に薄く血が滲《にじ》む程度で、今そこにガーゼを当てて繃帯《ほうたい》を巻いてあると云った。

「今度、その皮を貼る時、うまくくっつくんですか？」

私は余計なことを質問した。D氏はちょっと慌てた様子で口ごもったが、

「いや、それはちゃんとくっつくようにしてくれるのでしょう。何か方法があるのでしょう。え！　くっつかないことには君、手術したことにならんのですからね」

と云って笑った。

私は一週間も冷蔵庫へ入れて置く間に皮が少し縮みはしないだろうかと思ったが、それは云わなかった。

電車を降りて集札口を出ると、そこでD氏は地下鉄に、私は路面電車に乗り換えるために別れた。

私が電車で行くからと云った時、D氏はまだもう少し話を続けたそうに見えた。そのあと、勤め先の会社へ行く途中、私は左の腕の上膊部の皮を切り取ってもらう前後の様子を話した時のD氏が、真剣でそのためにいくらか心細そうに見えたことを思い出した。

どんな手術でも、手術と名のつくものは人が好んでやるものではない。しかし、腹を切開するような手術にはそれ相応の覚悟が要るが、腕の皮膚を薄く切り取るという

のは、見当がつかないだけにかえって不安な気持がするのではないだろうか。

「あまり痛くなかった」とD氏は云ったが、医師がメスを持って出て来た時、D氏がどんな顔をしてそのメスを見たか、私は想像出来るような気がした。

「マッチ箱の半分よりもまだ小さいくらい」に切り取られた自分の皮が、医師の手で持って行かれるのをD氏がどんな表情で見送ったか、それにも私は興味があった。

そのD氏の左腕の皮は、いま病院の冷蔵庫の中に他の人たちの皮と一緒に入っている。私はD氏がきっとその皮のことを考えているに違いないと思った。

D氏はその薄い、小さな皮に望みをかけているのだった。

そして、その皮がもう一度自分の左の腕のもとの場所に戻るまでは、何やら心細い気持がするだろうか。

私はそんなことを考えたが、それは私の勝手な空想であったかも知れない。

その次、D氏に駅で会った時は、前に会った時から一週間以上経っていた。

「どうでしたか？」

と私が聞くと、D氏はそれを手術の効き目と取ったらしく、

「いやもう一回行くことになっています。まだ別にどうっていうことはありません」

と云ってから、

「こういう手術は、急に目立って効果が現われるというものではないでしょう。わたしはそう思いますね。まあ、今より悪くなるということはないでしょうよ」

D氏は私の顔を覗《のぞ》きこむようにして笑った。

「皮はうまくつきましたか」

私が初めに「どうでしたか?」と聞いたのは、D氏の皮のことなのであった。

「ああ、ついてるようですよ、何とか。まだ繃帯をしていますがね」

D氏はそう答えた。

その次、またD氏に会った時、今度はD氏の方から皮のことを私に報告した。うまく元通りつくことはついたが、やはり少し縮んだらしくて、まわりにちょうど額縁みたいな恰好《かっこう》で僅《わず》かながら隙間《すきま》が出来たということであった。

四番目はN氏の話だ。

N氏も私の父の知人であるが、一種特別な親しい間柄の人であった。父が郷里で中学校の教師をしていた時、最初に教えた生徒であったから、教え子と云うのが普通だろうと思う。しかし、父との年齢の差は十年ほどであったし、この人を私が見た時はもう立派な紳士で、口髭《くちひげ》を生《はや》していたし、友人の少い父には珍らしくうまが合っているようであったから、父はとも角、私にはN氏は父の知人という方がむしろぴったりしている。

ずっと満州にいたので、たまにしか訪ねて来ないが、来ると必ず泊って、父と愉快そうに話しながら晩酌をやっていた。

「うまい物が好きで、またうまい物をよく知って居る。食べるものにかけては最上の贅沢《ぜいたく》をする。あれには感心する」

父はN氏のことをそう云《い》っていた。私の母もこの人が来ると、御馳走《ごちそう》のし甲斐《がい》があると云って喜んでいた。

私の父はN氏のために就職と結婚の世話をしたが、就職の方はうまく行き、（それは私がまだ赤ん坊の頃だった）結婚はうまく行かなかった。

N氏の現在の奥さんは、後で自分で見つけて結婚した人である。私は写真で見たことがあるだけで、実際に会ったことはない。

最初の結婚がうまく行かなかった時のことは、私も多少記憶している。私はその時、小学四年生くらいだった。

その時の結婚は、全部私の父が準備したもので、N氏は満州からそのために帰って来たのであった。

私の父が立てたスケジュールは、見合から新婚旅行までの間が僅か数日という性急なものであった。

N氏は父が決めておいた花嫁の候補者に対して、最初から気乗りがしない様子であったが、私の父は「少々のことは辛抱せにゃあ、何時《いつ》まで経っても結婚は出来んぞ」と云ってN氏を叱咤《しった》し、予定のスケジュールを強行した。

結婚式の当日、式場へ出かける時間が迫ったので、父が階下から呼ぶと、その度にN氏は、

「ああ。いま行きます」

と返事をして、二階からなかなか降りて来ようとはしなかった。

私はモーニングを着て畳の上にあぐらをかいて坐《すわ》り込んだまま、顎《あご》のところに手を当ててじっとしているN氏の姿を思い出すことが出来る。

私は自分で見たのだろうか？

もしかすると、せっかちの父に「呼んで来い」と云われて、私が階段を上って行って、部屋の中に一人でいるN氏を見たのかも知れない。

それとも、後でその日のことを父と母が話しているのを聞いて、それが記憶に残っているのだろうか？

「どうもあの時、何べんわしが下から呼んでも、ぐずぐずして降りて来なんだ筈《はず》じゃ」

父がそう云っていたのを私は覚えている。私の父に取ってもこのことは苦い経験であったに違いない。

N氏は戦後、満州から自分の郷里へ帰って来て、引揚者が味わう苦労を一通り味わった後で、新規まき直しの生活を始めた。

うまい物好きと云われているこの人は、トウモロコシの粉でつくったパンや藷《いも》で食事をしなければならなかった時代を、故郷の村で迎えたのである。

しかし、父の家へ来た時でも、格別苦にしている様子がなく、昔のように父と晩酌を一緒にやっていた。前に見た時からくらべると、肩の肉が落ちて、髪もいくらか薄くなってはいたけれども。

N氏は小さな川のふちの一軒家に家族とともに住み、そこから毎朝、県庁所在地のある都市まで自転車で二時間かかって通勤しているということであった。

往復で四時間も自転車に乗るのである。私にはちょっと想像がつかないことであったが、鈴なりの汽車にしがみついて行くことを思えばまだこの方が大分ましだとN氏は云って笑った。

道路はわりにいいのだそうであった。

私の父も非常に元気であったが、戦後しばらくして長兄が死ぬと、その翌年に亡《な》くなった。すると、それまで多かった来客がなくなり、家のまわりが急にひっそりとしてしまった。

後に残った母が淋《さび》しい目に会わなければならなかったが、それは仕方のないことであった。

人は確に来なくなったが、たまには昔、父に世話になったという人が母を見舞いに訪ねてくれた。

N氏が来ると、母は晩酌の相手役を二番目の兄と私とに命じた。兄と私とは生前父がしていたようにN氏に酒をすすめた。

ある時、N氏は私たちにこんな話をした。母もその話を一緒に聞いていた。

――N氏がある日、一日の勤めを終って自転車で帰って来る途中、右の眼の中に虫が飛び込んだ。家まであと三十分くらいのところであった。

自転車を走らせている時に小さな虫が眼に飛び込んだり、口に飛び込んだりすることはよくあることなので、その時もN氏は何とも思わずに無造作に手で二三度眼をこすった。

その時、眼の中が急に燃えるように感じた。

N氏はびっくりして、「これは悪い虫が飛び込んだな」と思い、今度は慎重にハンカチを出してその虫を取ろうとしたが、もう手遅れであった。

痛みは眼の奥までひろがっていた。

涙を出してごみを洗い流す方法でその虫を取り去ろうとしてみたが、それも駄目であった。N氏が最初にうっかり手でこすった時、その虫はつぶされて、粉々になって、眼の球にすり込まれてしまったらしい。

家へ帰って水で洗えば出てしまうだろうと思ったので、痛む眼を我慢しながら、やっと川のそばのわが家へ辿《たど》り着いた。

早速眼を洗ってみたが、痛みは少しも止らない。逆にますますひどくなって来る。鏡で眼を見てみると、真赤になっている。

N氏はしまいに苦痛をまぎらわすために焼酎《しょうちゅう》を飲んだ。それより他に方法がなかったのである。

少々飲んだくらいでは効き目がない。ちょうど痛みと競争するように飲んだ。焼酎の酔いが、眼の中の痛みの感覚を圧倒し、麻痺《まひ》させてしまうまで飲むと、初めてほっとする。安らぎがやって来る。

それでもすっかり痛みを感じなくなるのではない。まぎれるだけのことである。だから酔いが少しでも覚めかけると、容赦なしに痛みが勢いを盛り返す。

N氏は苦痛と戦いながら焼酎を飲み続け、明け方近くになって、やっと酔いつぶれた恰好《かっこう》で眠ることが出来た。

あくる日、眼の痛みは少しも衰えないばかりか、前の日より一層猛烈になった。無論、自転車で二時間の道を出勤することは、不可能である。

奥さんは医者へ行くことを勧めたが、N氏は医者へ行けば止る痛みとも思われないので、奥さんの云うことを聞かない。そこでその日も朝から夜まで焼酎を飲んで、眼の痛みをまぎらそうとした。

三日目に到頭、医者へ行った。医者は真赤に腫《は》れ上ったN氏の右の眼の球を見て、飛び込んだ虫は小さな蛾《が》で、羽根についた鱗粉《りんぷん》に猛毒を有するものだと云った。

「このまま放って置くと、失明するところでした」

と医者が云ったのにはN氏は驚いた。過去にこの蛾が眼に入って失明した人が何人かいると云うのである。

なお、これは本当の話かどうか知らないが、戦争末期にアメリカ軍の日本本土上陸作戦が予想された時、この地方では羽根に猛毒を有するこの小さな蛾を大量に捉《とら》えて、袋に入れ、敵軍が上陸しかけた時にこれをばら撒《ま》いて眼つぶしを食わせるというプランを考えた人がいて、具体化しかかっていたという話がある。

N氏の眼の痛みは医者の手当てを受けてから一週間ほどの間に少しずつ楽になって来た。が、すっかり元の状態になるまでに一カ月近くかかった。

よほど猛烈な毒を持った虫であったらしい。

私たちはN氏のこの話に驚いたが、まだ話はそれで終りではなかった。

この思わぬ災難のためにN氏は会社を十日間休んだ。その間、家の中でぶらぶらしていた。

その九日目のことである。前の日に大雨が降って、家のすぐそばを流れている小川がふだんよりずっと水かさが増していた。

そのことはN氏も知っていたが、そのために家がどうかなるという風な心配はなかったので、部屋の中で寝ころんで詰将棋の本を読んでいた。

こちらへ帰って来てから生れた四つになる男の子が母親のうしろについて歩き廻っていた。

そのうちに奥さんが買物に出かけた。「お願いします」と声をかけて行ったのを覚えているが、その時はうたた寝をしかけていて、いい加減に返事をした。

眼が覚めると、そのあたりにいた筈の男の子がいない。名前を呼んだが返事がなかった。この時、反射的に川のことが頭に来て、N氏はいきなり外へ出た。土色をした水が非常な速さで流れている。男の子の姿は何処《どこ》にも見えなかった。N氏はその時はもう川に沿って駆け出していた。ところが、この小川はN氏の家からほんの少し下流で曲っていて、そのためちょっとした澱《よど》みが出来ている場所があった。

駆けながらそこを見ると、子供の下駄が片っ方浮いていた。少し離れたところにもう一つの下駄が浮いている。

N氏は下駄を見た瞬間、下駄だけここへ流れついて、子供は流れてしまったと思い、気力を失いかけた。

しかし、浮いている二つの下駄の近くを探すと、水面から男の子のシャツの背中が覗《のぞ》いているのがすぐに見つかった。

近所の人たちが医者を呼びに行き、医者が来るまでどのくらい時間がかかったか、N氏は覚えていない。この間、俯《うつむ》向きに寝かせた男の子の上に覆《おお》いかぶさるようにして、人工呼吸を続けた。

人工呼吸のやり方は心得ていたので、諦《あきら》めずに続けた。医者が来て、医者も一緒にやってくれたが駄目であった。

川に落ち込んでから発見するまでの時間が、人工呼吸で助かる限度を越えていたのである。

どうにかしてこの止ってしまった心臓をもう一度動かすことが出来ないものかと、N氏は考え得る限りのことをやってみた。しかし、冷たくなった身体《からだ》はどんなに擦《さす》ってみても、どんなに暖めてみても、自らのぬくもりを取り戻さなかった。

最初に見つけた時からもう一時間以上経《た》っていることは間違いなかった。

医者は男の子の身体の表面に死斑《しはん》が現れたのを見て、気の毒そうに立ち上った。まわりを取り囲んで見守っていた村の人たちも、医者が帰ると、諦めて帰って行った。

後には近所の人が三、四人だけ残った。

N氏はまだそれから三十分くらい、腕を動かしたり、胸を強く擦ったりしていた。もうこれ以上どんなことをしても無駄だということは分っていたが、子供の身体から手を離すことが出来なかった。

最後にN氏は立ち上って、男の子の足を両手でつかんで逆さまにして思い切り振り廻した。

逆さにして水を吐かせることなら、初めのうちに何回も試みてみた。しかし、水は出なかった。最後に逆さにして振り廻したのは、全く考えも何もなしに無茶苦茶にやったことであった。

その時、子供の身体から「くっ」というような声が聞えた。そして、その「くっ」という声でみんなが死んだと諦めていた四つの男の子の心臓がもう一度動き始めたのであった。


五番目はガラガラ蛇に自分の手を咬《か》ませて実験をした男の話だ。

その実験をしたのは、アメリカのミシガン州で蛇を飼って蛇のことを研究している人である。

私はこの人のしたことを先日、「戸外運動」という狩猟専門の雑誌のグラビアで見た。

ところが、そのグラビアの写真にはどれもこの人の右の手首（こちらを咬まれた）のあたりから先だけが写っていて、本人の顔が写っているものが一枚も無い。だから私はこの生命がけの実験をやった男がいったいどんな様子の男なのか知らないわけである。私はそれが残念な気がする。

説明文によると、この実験は最初から彼が考え出したことではないらしい。簡単な説明で詳しいことは分らないが、ミシガン州の戸外運動プログラムというのがあって、テレビを通じて中西部一帯の狩猟愛好家のための教育的な番組を放送しているが、その一つとして「ガラガラ蛇はいかに攻撃して来るか？　咬まれた時の手当はどのようにすべきか？」という放送が企画された。

この番組のプロデューサーの提案に対して、「彼は同意した」と書かれている。

記事には出ていないが、この実験は彼が蛇を飼っている場所で、彼の飼っているガラガラ蛇を相手にして行なわれたものと思われる。

彼はきっと自分の飼っている蛇はみな好きであるに違いない。無論、この人はただ趣味で飼っているというのでなくて、研究を目的としている人である。記事には「爬《は》虫《ちゆう》学者」と出ている。

しかし、この人は子供の時分にポケットの中に蛇をいつも入れていて、親に見つかると叱《しか》られていたような男の子であったのかも知れない。それで大きくなってから、爬虫学者になったのだろうと思う。

ガラガラ蛇も小さい時から好きであったと想像される。

通り過ぎる時に不思議な音を立てるこの毒蛇には、少年の心をそそるものがある。尻尾《しつぽ》の先についているたくさんの輪がこの音を立てる。

私は残念ながらまだその音を聞いたことがない。聞いた人の話によれば、口でその音を真似《まね》るのは難しいが、何でも非常に薄い金属の板がいくつもふれ合って立てるような音だということである。

恐るべき毒を持った蛇が、口真似の出来ないような微妙な音を立てるということが面白い。造化の神の工夫だとすれば、心憎い工夫である。

私は彼があらゆる蛇の中で特にガラガラ蛇に愛着を感じていたかどうか、それは知らないが、ガラガラ蛇が好きであることは間違いないと信じている。

私はこの人が食事の時間にウサギやネズミを与えてやる時の動作を想像してみることが出来る。

ところが、このプログラムではテレビのカメラの前で、実験に使うガラガラ蛇を怒らせなければならない。

普通ガラガラ蛇はこちらが何も悪いことをしなければ、向うから咬みついて来ることはない。私は何かでそういうことを読んだことがある。

だからガラガラ蛇に咬みつかせるためには、どうしても相手の気を悪くさせる必要がある。そうしないと飛びついて来ないのだ。

自分の飼っているガラガラ蛇の気を悪くさせるのはいやなものだろう。しかし、それをやらねばプログラムにならない。

彼がどういう方法でガラガラ蛇の気を悪くさせたか報告されていないが、細い、先の尖《とが》った棒が写真に写っているから、この棒をガラガラ蛇の眼の前へ持って行って何かしたのだと思われる。

写真1は彼の右手がいやがっているガラガラ蛇に向って近づいて行くところである。背景は白い小石の多い地面で、ガラガラ蛇の力強くふくらんだ胴体には菱形《ひしがた》の大きな紋がくっきりと縞《しま》になって見える。

蛇は身体を引きしぼるように巻いて、まるい一個のかたまりになっている。

次はガラガラ蛇が攻撃のスタートを切った瞬間を写したもの。前の写真には写っていなかった棒が見える。

この棒をはね飛ばすのと口を開いて飛びかかるのが同時に行われたのである。ガラガラ蛇の身体は大きくうねって、跳躍のために全部の力がかけられているように見える。

これ以上開きようがないくらいに開かれた蛇の口が、次にそれを閉じる力の激しさを見る人に想像させる。そして最初の写真では自然にひろげられていた彼の右手の指が、ここでは反射的に縮められようとしている。

写真3は蛇の身体が真直《まっすぐ》に伸びて男の手に達し、中指に咬みついた瞬間である。指は殆《ほと》んど握りしめたくらいに縮んでいるが、その折り曲げられた中指の第一関節のところを挟み込むようにして牙《きば》が刺さっている。

はね飛ばされた棒の先が、地面にまさに着きかけている。

このあとの三枚の写真は、どんな手当がどんな順序で行なわれたかを示している。咬まれてから三十秒後に彼の中指の根元が木綿の紐《ひも》でかたく縛られた。縛ったのは彼である。

写真4は縛ったあと、創口《きずぐち》から毒と血が惨《にじ》み出して来たところを写している。彼の左手が縛った紐を押えるようにしている。

ガラスの管に入った防腐剤を持っている助手の手が、そばで待っている。この防腐剤はポケット型の「毒蛇用救急箱」と呼ばれる円筒型の容器の中から取り出された。

写真5は創口を防腐剤でよく洗ってから、同じく「毒蛇用救急箱」の中に入っている小さなピンのようなメスで創口のまわりを切るところを写している。

彼の左手がメスを持ち、咬まれた右手の腫れて来た肉を注意深く切ろうとしている。この前に中指の根元を縛ってあった紐は外されて、右腕の上膊部《じょうはくぶ》の真中あたりに移された。後退してここまでで毒を喰い止めようというのである。

写真6は創口にすっぽりかぶさるようにちょうど指くらいの太さのものを当てているところである。

これは恐らくゴムか、それに類したもので出来ているのだろう。中を真空にすることによって、創口から血と毒を吸い上げる役目をするのである。

このあとの三枚の写真を見ると、この実験をした爬虫学者の利《き》き腕は左手であるように思われる。最初に棒を持っていた方の手も左手であった。

彼は利き腕を残して利き腕でない右手をガラガラ蛇に咬ませたと考えることが出来る。一秒の遅れが自分の生命に関わるかも知れないこの手当てに、よく使える左手を役立てることが絶対に必要であったわけである。

最後の写真は、手当を終った彼がタンポポのような葉をした草が生えている石垣に腰かけて、右の腕を左の手で支え、顔が膝《ひざ》の間に隠れてしまうくらいに身体を折り曲げて、苦痛を耐えている姿を写している。

恐らくこの時はテレビの放送は終ってしまっていたのであろう。みんなから離れた場所へ行って、彼はこういう姿勢でいたのだ。

この爬虫学者がどんなに我慢強い性格の人間であるにしても、苦痛を耐える時はなるべくなら人の集っている場所から離れたところにいる方がいいと思うに違いない。

彼は白い半袖《はんそで》シャツを着、作業ズボンを穿《は》き、底は分厚いゴムで上が布の靴を穿いている。俯向いているので、黒い髪と大きな耳と頸《くび》すじのうしろだけが見える。「咬まれた右の手と腕は二倍の太さに腫れ上り、二時間の間、彼は苦痛と失神と猛烈な吐き気に苛《さいな》まれた」と記されている。

しかし、彼を苛んでいる苦痛も失神も吐き気も私には推し量ることが出来ず、ただ咬まれたあとにかぶせられて、指の中ほどから突き出ている物が、間違って生えた角か何かのように見える。

「戸外運動」誌によれば、彼は夕方までに回復し、右腕の腫れは苦痛を伴ってなお数日続いたということである。

イタリア風

電話はアンジェリーニ氏からであった。約束の一時を少し過ぎていた。

「すぐに降ります」

そう云《い》って、矢口《やぐち》は受話器を下した。本当ならこちらが先に下へ降りて、ホテルの入口で待っているべきであった。

「急げ」

矢口は妻に声をかけた。彼女はお土産に持って行く物と、たった今、近くの店で買って来たチョコレートの箱を、ベッドの上で一つの風呂敷《ふろしき》に包み直していた。

アンジェリーニ氏の声はいくらか不機嫌であった。「今、来た。下で待っている」と云ったのである。それは何もぶっきら棒というわけではなかった。

その云い方に親しみがなかったので、矢口は意外に思ったのだ。

不機嫌な声に聞えたが、それはただ無愛想なだけかも知れなかった。そしてアンジエリーニ氏はそんなたちなのかも知れない。つまり、こういう時に嬉《うれ》しそうな声を出して物を云わない人であるのかも知れない。

しかし、今の電話の声はどう考えてもこれから会うのを楽しみにしている声ではない。期待に弾む声ではない。嬉しくも懐《なつか》しくもない。それにも拘《かかわ》らず、こうして会いにやって来なければならなくて、かけた電話のようであった。

「だが、それはへんだ」

と、矢口は思った。

不機嫌な、としたら、何故《なぜ》だろう？　ホテルまで迎えに来てもらったからだろうか。そうしてくれるように頼んだのは矢口だが、矢口が先に云い出さなかったとしても、結果は同じことではなかったか。

矢口夫婦は旅行者としてニューヨークに来たのであり、彼等をニューヨークの市外にある自宅に招待して週末を送る計画を手紙で知らせて来たのはアンジェリーニ氏であった。矢口夫婦は速達便で出されたこの手紙を、ニューヨークへの旅行に出発する日の朝に受け取ったのである。彼等が滞在していたのは中部の或《あ》る小さなカレッジのある町であった。

もっとも、矢口はアンジェリーニ氏の家があるバビロンという町が、ニューヨークの繁華街からいったいどのくらい離れているかということを知らなかった。

それを調べてみないで、市外ということだけ知っていて、つい近くのところのようにひとりで決めていたのも間違いであった。行ってみてから分ったのだが、バビロンという町はずいぶん離れたところにあった。ニューヨークの市中へ出て来るには、汽車でたっぷり一時間半かかった。

アンジェリーニ氏は矢口が云わなくても、ホテルまで車で迎えに来てくれるつもりでいたかも知れない。しかし、矢口にその気持があって、地図を見るか、人に尋ねるかして、アンジェリーニ氏がバビロンの自分の家からこのホテルまで迎えに来るにはどれだけの時間がかかるかということを先に調べていたら、あんな風にあっさりと、「ホテルへピック・アップしに来て下さいませんか」と云うことは出来なかっただろう。

アンジェリーニ氏に道順と下車する駅の名前を聞いて、そこまでは自分たちで出向くべきであった。

それをしなかったのは、矢口たちがこれまで九カ月ほどの間、ずっと田舎の小さな町にいて、何処《どこ》かへ出かける時は何時《いつ》でも周囲の誰かが車に乗せて行ってくれるという生活に馴《な》れていたことにも原因があった。アメリカ人が車を持たない自分たちを招待する時は、何時でも自分の車で迎えに来て、送り届けてくれる。それが当然のことという、よっかかった気持が矢口の側にあったことは否定出来ない。

しかし、アンジェリーニ氏がフロントからかけて来た電話を聞いた時、矢口はホテルまで迎えに来てもらったために相手が不機嫌になっているとは思わなかった。

それでは、何故だろうか？

矢口は前の日にかかって来たアンジェリーニ氏の電話の声を思い出してみた。その時はどうだったか？

今日の電話のようではなかったが、その時もいかにも嬉しいという声ではなかった。不機嫌なことはないが、笑顔が眼の前に見えるような声ではなかった。

それに矢口はアンジェリーニ氏がどんな声の人であったかということを覚えていなかった。二人が会ったのは日本にいた時で、二年半ほど前のことであった。東海道線の下りの列車の中で会ったのが最初で、それから一と月ほどして東京のホテルで会った。その二回きりである。

矢口はこれから初めて会う人と話しているような気がした。どうしてそう感じたのだろう？

彼はその声に記憶がなかったし、声を聞いていて相手の顔を思い出すことが出来なかった。

この時、矢口は先《ま》ず連絡が遅れたことを詫《わ》びた。彼はニューヨークのホテルに着くなり、アンジェリーニ氏の手紙に書かれてあった電話番号を呼び出したが、ベルが鳴っているのに誰も出なかった。

何べんかけても、出て来なかった。

矢口はその電話番号がアンジェリーニ氏の勤め先の電話なのか、自宅なのか知らなかった。彼は手紙の文面からひとりで勤め先の電話のように思い込んでいたが、もしそうだったら、誰も出て来ないということはないと思った。

しかし、矢口はアンジェリーニ氏の現在の勤め先がどういう場所なのか知っているわけではなかった。日本で会った時には、高等学校で教えていると云った。

誰もいない部屋で、電話のベルが何時までも鳴っているのを耳にして、矢口は妙な気持がした。

「誰もいない筈《はず》はない」

矢口はそう思った。

そこへ連絡してくれと云って来た電話だから、誰かいる筈だ。アンジェリーニ氏が不在でも、誰か取次いでくれる人がそこにいる筈だ。

どんなところでこの電話が鳴っているのだろうか、と彼は考えてみた。時間をおいて、四、五回かけてみたが、同じことであった。

約束の土曜日までに間に合わなくなるといけないと思って、矢口はホテルで手紙を書いて出したのだ。アンジェリーニ氏の電話は、その手紙を見てかけて来たのであった。

「昨日、何回も電話したが、貴方《あなた》はずっと留守だった」

とアンジェリーニ氏は云った。それでその日（金曜日）の朝早く、ホテルへかけて来た。

しかし、気を悪くしている風でもなかった。

矢口はその後で、「日曜日の朝のバスでボストンへ発《た》つ予定にしているので、土曜日と日曜日をそちらで過すように誘ってくれたが、土曜日の晩のうちにホテルへ戻りたいが、それでもいいか？」と云った。

アンジェリーニ氏は、「構わない」と云った。矢口はそれほど親しくない間柄であるのに、アンジェリーニ氏の家に一晩泊めてもらうのは、相手の家にも迷惑、こちらも正直のところ少々重荷に思っていたので、向うがそう云って諒解《りょうかい》してくれたのでほっとした。

矢口の方はまだしも、妻の豊子《とよこ》はアンジェリーニ氏にも夫人にもまだ一度も会ったことがない。ただ、どんな風な人かということを夫の口から聞かされて、漠然と頭の中で想像しているだけであった。

矢口はアンジェリーニ氏の夫人のことを、イタリア出身のアメリカの映画女優によく似た感じの人と云ったので、彼女の興味は自然アンジェリーニ氏よりも、その夫人の方に向けられていた。

矢口は最初に夫人を見た時そう感じたが、後で話を聞いてみると、アンジェリーニ氏も夫人も二人ともアメリカで生れたが、両親はどちらもイタリアから移住して来たイタリア人なのであった。

夫人は身体《からだ》つきがほっそりしていて、色が白い。非常に美しい人だが、おとなしく、控え目で、優しい性質の女性のように見える。

「ひとことも口をきかず、恥しそうにしていて、ただ笑っているだけだ」

矢口がそう云ったので、豊子はいったいどんな女の人か見てみたい気持にその時はなったのだ。

矢口は同じ列車の通路を隔てて隣り合せの席にアンジェリーニ夫妻と坐《すわ》ったのであ

る。冬休みで、小学三年生の女の子と五つになる男の子を連れて、大阪にいる彼等の祖母のところへ行くところであった。

二人掛けの特急の座席に、矢口は通路の側に、子供二人を窓側に腰かけさせて、少々窮屈な旅行であった。

矢口たちが乗った時には、隣りの席に若い外国人の男女が座席の背に深くもたれていた。下の男の子が二、三度大きな声を立てて矢口をひやっとさせたが、外国人の二人連れは肩を寄せ、頭がふれるくらいにして、じっと外の景色を見ていた。

上着を脱いでグレイのスェーターでいる男は、時々カメラを窓の外に向けた。眼立たない程度に女を撫《な》でている時もあった。

二人で話している時も、静かであった。女の方は黙ってうなずいて、眼で笑っていた。

矢口はそちらの方を見ないようにしていたが、女が細くて、いかにも柔かそうな肩や腕で男に触れている部分が、ひとりでに視野の中に入って来るのを感じないわけに行かなかった。

足のかたちもよかった。

女は席を一度も起《た》たなかった。しまいに二人は話も何もしないで、めいめい休んでいた。

矢口がこの男と言葉を交わしたのは、まだ名古屋に着かない前であった。きっかけは矢口の男の子に彼が相手になった時に起った。

矢口は睦《むつま》じく見える外国人の男女と何らかの交渉が生じることを無論望んではいなかったが、話しかけて来た男は連れの女を放っておいて、熱心に、落着いた口調で、矢口との会話を続けた。

矢口は彼が日本へ来たのはF奨学資金によるもので、その年の九月から東京に近いある地方大学で英語を教えていることと、連れの女性は日本へ出発する直前に結婚した夫人であることを知った。

「それでは、蜜月《みつげつ》旅行のわけですね」

と云うと、彼は笑った。

二人の話を別に聞いている風でもなかった夫人は、男について笑った。

男は額がひろく、眼鏡をかけていた。眼も髪の毛も黒かった。身体もそんなに大きくなかったし、日本人の矢口には親しみやすいところがあった。

日本人の中に似た顔の人が誰かいるかも知れないと矢口は後で思った。名刺をくれたのはしばらく話してからであったが、それにはニューヨークの住所が書いてあった。

アンジェリーニという名前に矢口が興味を示したのを見て、「自分の父も母もイタリアから来た。別々のところから来て、ニューヨークで結婚した。私の妻もそうだ。私はイタリアへは戦争の時と戦後に二回行った。私の妻はまだ一度もイタリアへ行ったことがない。来年、アメリカへ帰る時、ヨーロッパを廻って、その時イタリアに寄るつもりだ」と云った。

アンジェリーニ氏は名刺の横に現在の住所を書き添えて、矢口に渡した。

彼は夫人が結婚するまで会社の秘書をしていたと話した。

「毎日、家でどんなことをしているのですか?」

矢口が一度だけ夫人に向って質問すると、彼女は、「結婚してすぐに日本へ来たので、まだ経験していない」

と云って、微笑した。

「二人の家は、まだ無い。帰ってから探す」

アンジェリーニ氏はそう云った。名刺の住所は氏が結婚する以前の住所であった。ニューヨークへ帰ってからの二人の生活は、どんなかたちのものになるか、未知数というわけであった。

アンジェリーニ氏はコロンビア大学で最初はジャーナリズムを専攻したが、途中から教育学に興味を持ち始め、勉強をし直した。教育学をやり出すと、今度は実際に教師の経験をしてみることが必要だと思うようになり、大学を出ると高等学校に勤めた。そうすると今度は教育学よりも実際の教育の方が面白くなって、一時のつもりで勤めた学校が離れられなくなった。それではいけないと思って、もとの教育学に戻ろうと此頃《このごろ》では努力している。論文を書いて、雑誌に時々発表している。出来れば、今度帰国すれば、そのうちに何処かの大学で教えるようになりたいと思っている。

そんなことをアンジェリーニ氏は話した。

矢口はアンジェリーニ氏が高等学校の先生をしていると云った時、意外な気がした。若いプロフェッサーのように思っていたからだ。人柄もそういう感じであった。しかし、話を聞いてみると、遠廻りをして世間的には分の悪いコースを辿《たど》りながら、真面目《まじめ》に自分の勉強を続けているという経歴が、むしろこの人に似つかわしいようにも思われた。初対面の、それも旅行の途中でたまたま隣り合せになったというだけの矢口に対して、アンジェリーニ氏の話し方は熱心過ぎると云ってもいいくらいであった。

もっとも、一つには矢口が前に学校の教師をしていたことがあり、アメリカ文学にも興味を持っていたことから、相手にある安心と親近感とを与えたのかも知れなかった。主に話す方は相手で、矢口は聞き手であったが、それにしても話はとぎれてしまわないのであった。

その間、窓側に坐っている夫人は、二人の会話の外に置き去りになっていた。夫人はどうしていただろう？　矢口の方では、相手の言葉を聞き取るために絶えず注意を集中していなければならなかったから、それだけで精いっぱいであった。多分、夫人は自分の夫と隣りの席の子供連れの日本人との会話には無関心で、離れてひとりでくつろいでいることの方を楽しんでいたと思われる。

アジェリーニ氏夫妻は、冬休みを利用してこれから大阪、京都、奈良を見物し、そのあと九州へ行って長崎を廻って来る予定であった。二人ともその旅行に大いに期待している様子が見られた。

大阪へ着く手前で、アンジェリーニ氏は棚の上のスーツケースを下すと、中にしまってあった写真機とフラッシュと三脚を取り出して、ゆっくりと組み立て、矢口と子供とを写した。列車の中はもう大分暗くなっていた。

アンジェリーニ氏は一枚だけ写すと、取り出したものをもう一度きちんとスーツケースの中におさめた。「折角うまい具合にしまったものを、汽車を下りる間際《まぎわ》になって取り出すというのは、ちょっと自分には出来ないことだ」と矢口は思ったのである。

夫人はアンジェリーニ氏のすることを見ていて、微笑しているだけであった。

「楽しい旅行をするように」

大阪駅に着いた時、矢口は二人にそう云って、そのまま座席のところで別れた。


二度目に会った時は、翌年の二月の中頃であった。

大学のある都市から東京へ出て来たアンジェリーニ氏から矢口の家に電話がかかって来た。一緒に食事をしたいと云《い》うので、アンジェリーニ氏のホテルへ行って、そこのグリルで三人で昼飯を食べた。

この時は汽車の中で会った時と違って、会話は三人の間で行われた。矢口がつい十日ほど前に三番目の赤ん坊が生れ、男の子であったと話すと、アンジェリーニ氏も夫人も嬉《うれ》しそうな顔をして、「おめでとう」と云った。

アメリカでは赤ん坊が生れると、父親は会った友達に葉巻を出して上げるのだと、アンジェリーニ氏が云った。

「この前、写した写真はよくとれていた」

と云った。

カラーのスライドなので、写して見せることが出来ないのが残念だという口振りであった。

この時はグリルの入口で別れた。矢口は昼飯を御馳走《ごちそう》になった御礼を云ったが、その先でもう一度この夫婦と会うことは多分ないだろうという気がしていた。

アンジェリーニ氏が汽車の中で写してくれたカラーの写真は、焼付されてアメリカにいる矢口夫妻のところへ二年後に送られて来た。思いがけず日本で知り合ったアンジェリーニ氏夫妻の母国に留学することになった彼等に、アンジェリーニ氏は、「どんなに嬉しいか想像してほしい。ニューヨークへは何時《いつ》頃来るか。来る日が決り次第知らせてくれ」という手紙が来たが、その手紙もそれから後に来た二、三通の手紙も、みな短い手紙であった。

矢口は手紙の中で「もう赤ん坊は生れたか?」ということを書いたが、返事には「生れた」とも「生れない」とも書いてなくて、ただ矢口たちが生活をエンジョイしていることを知って喜ばしく思うということと、再会の日を楽しみにしているとだけしか書いていなかった。

カラーの写真は、矢口に取って少しばかり物足りない気持のするそれらの手紙の間にぽつんとそれだけ送られて来たのであった。

矢口は日本で会った時のアンジェリーニ氏の印象と、アメリカへ来てから受け取った短い文面の手紙との間に何か喰い違いがあるような気がした。

六月初めにニューヨークへ出て来ることに決めた時、矢口はその手紙を出すか出さないかで大分迷った末に、

「滞在の日程が限られているので、どうかこちらのために無理をしないでほしい」という意味をよく伝えるように苦心して書いたのであった。ためらっていたので、手紙もぎりぎりになって出すことになってしまった。

その返事が出発の日の朝に、速達で矢口たちのところに届いたのである。


矢口夫婦の部屋は三階にある。

エレヴェーターを待つより階段をかけ降りる方が早かった。着物を着ている豊子は、矢口にせかされながら、急いで階段を降りて行った。

アンジェリーニ氏が、入口のところに立っていた。初対面の豊子と挨拶《あいさつ》をし、次に矢口と握手を交わした。

「待たせて御免なさい」

矢口はそう云った。

「いや。私の方こそ遅くなりました」

アンジェリーニ氏はそれ以上のことは話さず、ホテルの前に置いてある自分の車の方へ歩き出した。

怒っている筈《はず》はない。しかし、矢口夫婦に会ったことを喜んでいる様子は、なかった。

怒っている筈がないとすれば、ひどく照れているようにも思われる。そんな会い方であった。

それよりも、矢口はいまこれから自分と妻の豊子を家まで連れて行こうとしているアンジェリーニ氏が、前に日本で会って長い時間話し込んだアンジェリーニ氏の記憶とうまくつながらない感じの方が先にあって、戸惑っていた。

それは一階へ降りる階段の途中まで来て、先に降りた妻が近づくのを待ち受けているアンジェリーニ氏を見た時に生じた。

矢口はアンジェリーニ氏の顔を頭の中に思い浮べることは出来なかったが、会えばそのとたんに思い出すことが出来ると思っていた。しかし、階段の途中から見えた人物は、彼が期待していたように、記憶の懐《なつか》しさをすぐに呼び戻してくれなかった。

「すっかり忘れてしまっていたのだろうか?」

矢口は突然に起った疑問をどう解いていいか考える暇もなく、眼の前にいるアンジェリーニ氏に近づいて行って握手をしたのであった。

最初、アンジェリーニ氏がひとりで立っているのを見た時、矢口は夫人が一緒に来ていないことで、軽い失望を感じた。彼の心の中にはあの美しい夫人をもう一度見ることを待ち望む気持が潜んでいたのである。

この期待が外れたことと、アンジェリーニ氏を見て見覚えのない人に会うような気がしたこととは無関係であった。しかし、夫人を連れて来なかったことは、電話を聞いた時に矢口が最初に感じた無愛想のようにも、事務的であるとも思われるような言葉の響きと、つながりが無いでもない。

もっと遡《さかのぼ》れば、アメリカへ来てから矢口が受け取った二、三通のニューヨークからの手紙にも、いくらか似通ったものが感じられた。

それは矢口が日本で彼等と会った時に受け取った感じとはどうしてもぴったり重なり合わなかった。

アンジェリーニ氏そのものについて云えば、前に会った時はもっと端正で、きれいであったような気がする。若い、しなやかさがあった。

今度は全体にぱっとしなくなったように思われた。額があんなに禿《は》げ上っていただろうか？　細く引きしまっていた身体が、今度は肥《ふと》り気味になっているようだった。あのしなやかな感じが無くなってしまった。

（もう少し後になってから、矢口はこの時一瞥《いちべつ》して得たアンジェリーニ氏の印象が、ひと言で云えば、「暗い。老《ふ》けた」ということに気が付いた。）

アンジェリーニ氏の車の前の席に、矢口を中にして三人が坐《すわ》った。

エンジンのスイッチがかからなかった。アンジェリーニ氏は続けさまに試みたが、駄目であった。

「こんなことは、一度も起ったことがない」

アンジェリーニ氏は不審そうに云った。

矢口は自動車のエンジンまでが丁度いい時を狙《ねら》って故障を起したと思った。誰のせいだろう？

しかし、矢口は成行きにまかせるより他しようがなかった。豊子もアンジェリーニ氏がすることを見ていた。

アンジェリーニ氏は、しかし腹を立てもせず、慌《あわ》てている風も見せなかった。

車がもしこのまま動かなければ、どう始末をつけるのか？

矢口は手出しが出来ないので、そんなことを考えた。すると、後にいて矢口たちの車が出るのを待っていた車から男が降りて来て、アンジェリーニ氏に声をかけた。

「初めてこんなことが起った」

とアンジェリーニ氏は、その中年の男に云った。

男は、「わしに見させてくれ」と云って、前へ廻ると、蓋《ふた》を開けた。アンジェリーニ氏はそのままの位置でじっとしていた。

「かけてみろ」

男が云った。

エンジンがかかった。男は蓋を閉めた。アンジェリーニ氏と矢口と豊子は、この親切な男に「有難う」と云った。

車はすぐにフィフス・アヴェニュに出た。

矢口は隣りに坐っているアンジェリーニ氏に対して、遠慮した態度を取っていた。彼はもしアンジェリーニ氏が多少とも不機嫌な気持でいるとしたら、その理由がはっきりしなくても、会話にはよく気を配らなければならないと思った。

アンジェリーニ氏は最初のうち、黙っていた。時間にしてみれば、ほんの僅《わず》かの時間であったが、矢口はエンジンがかからなかったことで少し気を悪くしているのではないかと思った。

　いきなり故障が起ったので、矢口たちに対してきまりが悪かったのかも知れない。その両方の気持がアンジェリーニ氏の口をつぐませているという風にも見えた。

　しかし、矢口と豊子とがニューヨークへ来てから四日間に見物したものを話すうちに、状態はよくなった。ヤンキー・スタディアムで見たヤンキースとシカゴとのゲーム、新聞の漫画からミュージカルにしたブロードウェイの劇の名前を聞くと、アンジェリーニ氏は嬉しそうに笑った。

「それではもう何処《どこ》も自分が案内するところはない。真直《まつすぐ》に家へ行くことにしよう」

　そう云ってから、まだ矢口たちが行っていなかった黒人街を通り、次に自分の母校であるコロンビア大学の前で車を止めて、構内を見せてくれた。

　黒人街では、

「同じニューヨークでも、フィフス・アヴェニュとここでは、まるきり違う。一つこちら側へ来ると、忽《たちま》ち変ってしまう」

　と、アンジェリーニ氏は云った。

「フィフス・アヴェニュだけ見て、これがニューヨークだと思ったら間違いなのですね」

矢口がそう云うと、

「本当にそうなのです」

と、アンジェリーニ氏は力をこめて云った。

アンジェリーニ氏は黒人問題について話したが、その態度はこの問題について知ることの少い矢口にも、公平で落着いた見方をしている人のように思われた。

黒人街へ来た頃から、アンジェリーニ氏はよく話すようになった。矢口は眼の前にいるアンジェリーニ氏が記憶の中にあるアンジェリーニ氏とやっとつながりかけて来たことを感じた。

「こんな風な話し方をしていた。やっぱり、元通りのあのアンジェリーニ氏だ。多分、これでもう大丈夫なのだろう」

両側に灌木《かんぼく》の植込みと芝生のある自動車道路を、アンジェリーニ氏の車は走っていた。その道路はロング・アイランドに向っているのだった。

「私がさっきホテルへ着いた時」

と、アンジェリーニ氏がそれまで話して来たいろんな話題と同じ口調で話し出した。

「フロントで、『311の部屋にいるミスター矢口を呼んでほしい』と云うと、『そんな名前の人はいない』と云った。『そんな筈はない。確かに311の部屋に間違いない』私がそう云うと、フロントの男は『311の部屋にはミスター何とかという中国人がいる』と云う。『中国人ではない。日本人で、ミスターとミセス矢口が泊っている筈だ』私がもう一度そう云うと、相手は帳簿を出して、私に見せた。すると相手の云う通りで、あなたの名前が書かれていなくて、他の人の名前がある。私は『そんな筈はない。私はちゃんと手紙を受け取って、ホテル・ラサムの311と……』と云いかけると、フロントの男が云った。『失礼ですが、ホテル・ラサムはこの隣りです』」

アンジェリーニ氏の話の途中で、矢口は一、二度「そんな筈がない」と云いかけたが、アンジェリーニ氏はそれをちょっと止めるようにして、そのまま終《しま》いまで落着いた調子を変えずに話した。

矢口と豊子とは一度はびっくりして、全部聞き終った時、笑った。アンジェリーニ氏も笑っている。

アンジェリーニ氏が自分の失敗を矢口夫婦に話すのには、これだけの時間を置く必要があったのである。

部屋にかかって来た電話が不機嫌なようにも、無愛想なようにも聞えた訳が、この時になって初めて矢口に分った。今の話の通りの押問答のすぐ後では、ああいう声しか出なかったに違いない。

矢口たちがいるホテルの隣りに別のホテルがあることを矢口は知っていたが、そちらは矢口たちのホテルとは段違いに立派なホテルであったから、まさかアンジェリーニ氏が間違えて入るとは矢口も思わなかった。

ところが、アンジェリーニ氏はホテル・ラサムという看板を先に見つけて、それを目標にして来たためにその手前にある入口をラサムの入口だと思って入ったわけである。

週末なので、車が重なり合うように走っていた。

「こんな風にたくさん車が走っていて、急にどの車も一斉にスピードを落すことがある。そんな時は、先の方に巡査のオートバイがいることがすぐに分る」

アンジェリーニ氏が云った。

道路の横で巡査から紙片を渡されている男が見えた。スピード違反で停止を命ぜられたのである。釣りにでも行くところらしい風態《ふうてい》のその男は、明らかに士気沮喪《そそう》した様子で、自分の車の前に立っていた。

アンジェリーニ氏はこんなことも云った。

「この自動車道路にこんなにカーブが多いのは、運転中に居眠りをして事故を起すことを防ぐためにわざとこうしてあるのです。もし道路が直線のまま続いていると、つい眠り込む者が出て来る。車の運転があまりに単調なためにそうなる。殊《こと》に夜間、一人だけで走らせている時に起りやすい。二人なら、運転している者が眠り込まないようにお互いに注意し合うことが出来るが。そこで短い間隔を置いてこんな風にカーブをつけると、うとうとしかける頃に次のカーブに来るから、また注意を集中する。こうして絶えず、眠いドライバーの眼を覚まさせておくことが出来るわけです」

アンジェリーニ氏のそのような話の合間に、一度、豊子が、

「ミセス・アンジェリーニはお元気ですか？」

と聞いた。

「ええ。大変元気です」

アンジェリーニ氏はそう答えた。

また別の時に、彼女は違う質問をした。

「ミスター・アンジェリーニ。ベビイはいますか？」

「いいえ。いません」

バビロンはなかなか遠かった。矢口はこんなに離れているところからホテルまでア

ンジェリーニ氏に迎えに来てもらったことを、心苦しく思い始めていた。いい天気で、ドライブは快いものであったけれども。

「まだですか？」

「これで四分の三、来た」

アンジェリーニ氏が矢口夫婦に非常な驚きを与えることを云ったのは、「四分の三、来た」と云ってから間のない時であった。

最初はしかし、そのことをいきなり云ったのではなかった。

「私の父があなた方に会うのを大変楽しみにしています」

アンジェリーニ氏はそう云ったのだ。

「父は前から日本語を勉強しているので、それで特にあなた方が来るのを喜んでいます。母も喜ぶでしょう」

この言葉が矢口の心にある翳《かげ》を投げかけた。

「お父さんとお母さんが一緒に居られるのですか？」

「いいえ、私が父と母のところにいるのです」

アンジェリーニ氏はそう云い直した。そして、ちょっと黙ってから、今度は思い切ったように云った。

「私の妻は今、私と一緒に住んでいません。私はそのわけを説明することが出来ない」

云い出し難《にく》いことをやっと云ったという声であった。

「まだ離婚はしていません。しかし、恐らく離婚することになるでしょう。残念ですが、そのわけを説明出来ないのです」

自動車道路から別れて右に入ると、バビロンという町の名前が出ているところに来た。木立に囲まれた、思いがけず鄙《ひな》びた場所であった。

海岸までどのくらいの距離なのか、矢口は聞いてみなかったが、あたりの景色には海がもうすぐ近くにあるという、明るくて、ひっそりとした気配が感じられた。

最初に汽車の中で会った時、アンジェリーニ氏がくれた名刺には、この町の名前があった。

「聖書では、バビロンは罪のまちですが、私の家のあるバビロンは、そんなことはありません。静かなところです」

アンジェリーニ氏がそう云うと、夫人も笑った。矢口はその時の二人の穏かな笑いを覚えている。

ニューヨークの郊外、というので、矢口は静かなところと云っても、住宅がずうっと建ち並んでいる通りを想像したのであった。

煉瓦《れんが》造りの、小づくりな家の前まで来ると、アンジェリーニ氏は車を家の横へ入れて止めた。表は道路で、先の方には家があるが、その数もまばらで、ゆったりと間隔を置いて建っていた。

まわりは木立と灌木に囲まれていて、両側に家は見えなかった。

アンジェリーニ氏の家は古びていて、まわりの自然によく調和していた。自然は家と一緒に古び、幾分、荒れるがままに生育しているという感じであった。

アンジェリーニ氏が入って行った玄関は、煉瓦の階段を上ったところに網戸がついていた。中が暗くて見えなかった。

その網戸が開いて、アンジェリーニ氏の後から白髪の婦人が出て来た。背は高くなくて、ずんぐりと肥っていた。お母さんである。

真直に矢口の妻のところへ歩いて来て、小走りにかけ寄った豊子を抱いて、頬に接《せっ》吻《ぷん》した。彼女はどうしたのか、出て来て矢口と豊子の姿を見た時から急に泪《なみだ》ぐんだように見えた。何にも云わずに豊子を抱いたが、何か言葉にはならない溜息《ためいき》のようなものが聞えた。

アンジェリーニ氏は少し離れたところに立って、母親が自分の連れて来た客を迎える様子を見ていたが、挨拶《あいさつ》が済むと先に立ってみんなを家の裏へ案内した。

そこにはベンチが二つ置いてあった。それは長い間雨曝《あまざら》しになっていたものらしかった。

庭、と呼ぶべきものかどうか、ためらうような場所であった。何か花を植えていたらしい跡もあるにはあったが、それも昔のことらしく思われた。

ベンチの近くに大きな桑の木がある。その幹から別の木にロープがつないであって、洗濯物がいっぱい乾《ほ》してあった。

矢口が「木が多いのでいい」と云うと、父親が何でもかんでも木を持って来ては、ここに植え、あとは放ったらかしで手入れをしないから、こんなになってしまったと、母親がこぼした。

「『そんな木を持って来ても、育たない』とあたしが云うのに、云うことをちっとも聞かずに自分で植えてしまうのです」

もとから木立が多かったところへアンジェリーニ氏のお父さんが移植した木や灌木が入り雑《まじ》っているらしかった。

矢口はこの無秩序に荒れるものは荒れるに任せ、茂るものは茂るに任せたという趣きを好ましく思って見ていたが、アンジェリーニ氏の母親は恥しいと思っているのだった。

台所の入口には小さな階段がついていた。間もなくそこの戸が開いて、黒い髪とほっそりした手足をした娘が出て来た。

さびれた庭を見ていた矢口は、不意に若い女が現れたのに驚いた。アンジェリーニ氏に妹がいることを知らなかったのである。

色が白く、美しい顔だちをしているが、手も足も先へ行くに従って細くなっていて、体格のいいアメリカの若い女を見馴《みな》れた矢口の眼には少し異様に映った。

スェーターとスラックスを着けているが、他の娘には似合うこの服装が彼女の手足を包むと、ちょっと違った感じに見えた。

黒い髪と濃い眉《まゆ》をしていて、アンジェリーニ氏に少し似ている。アメリカの娘とすっかり感じが違うとしたら、この妹のような顔だちがイタリア風なのかも知れない、と矢口は思った。

「一番末の妹のクララです」

アンジェリーニ氏がそう云って紹介した。後で聞くと、クララの上にまだ二人、妹がいたが、二人とも結婚しているのであった。

クララは優しく、あどけない笑い方をして、豊子と矢口に手を差し出した。眼で笑って、じっと顔を見つめている。

アンジェリーニ氏は矢口夫婦と母親と妹をベンチに腰かけさせて、家の中から取って来たカメラで写真をうつした。

矢口がアンジェリーニ氏と桑の木のそばへ行って話をしている間、女はそのままベンチに残っていた。母親と豊子とが話して、妹は微笑しながらそれを聞いている。

妹はそれから後も、自分は少しも話さないで、他の人の会話を聞いていた。

車の音がして、アンジェリーニ氏の父親が帰って来た。小柄で、眼鏡をかけて、元気そうな老人である。

背は息子よりも低く、娘よりも低く、自分の細君よりもまだ少し低い。髪は大方なくなり、残っている部分は白くなっていた。

しかし、色が浅黒く、身体《からだ》は細く、固く緊《しま》っていて、どうやらこの一家の中で、いま最も活力に溢《あふ》れている人間のように見受けられた。

この父親は矢口の妻のところへ来て、その手を握ると、いきなり日本語を話した。

「しばらく振りでお眼にかかります。御丈夫そうで、何より嬉《うれ》しゅう存じます」

父親は一息にそれを云った。

その挨拶の日本語は棒暗記してあったものらしく、抑揚が乏しいので少し変ではあったが、矢口たちを驚かせるのに十分であった。

二人が感心したのを見ると、彼はその場には関係のない文句を次々と非常な速さでしゃべり出した。

その中には、

「キグチコヘイは勇敢な兵士でした。敵弾に倒れても、進軍ラッパを口から放さなかったのであります」

というような文句が出て来て、ますます矢口たちを面喰わした。そばからアンジェリーニ氏の母親が、「お止《よ》しなさい」と云って止めさせるまで、老人の日本語は次から次へと繰り出されて来るのであった。

この父親の日本語の教材は、かなり時代の古いものであったらしく、矢口の生れた時よりまだ以前のものかも知れなかった。それは矢口を懐《なつか》しい気持にさせるよりは、不思議な気持にさせた。

アンジェリーニ老人の日本語研究の熱意は、矢口たちに最初の挨拶をした瞬間から始まり、二人がこの家の玄関を出て行く時まで休むことなしに続いた。そして、豊子が初めからしまいまでアンジェリーニ老人の質問に答える役を引き受けることになった。

アンジェリーニ氏の家族は、この四人であった。その一人一人が、みな違っていた。矢口夫婦の前に現れた時の四人の様子がみな違っていたように違っていた。

母親は泪ぐんで、溜息をついて豊子を抱いて接吻した。父親はこの機会を待ち兼ねていたように、一人で習い覚えたらしい日本語をしゃべり出した。妹はちょっと説明し難い、一種浮世ばなれのした表情で現れた。

アンジェリーニ氏は間違う筈《はず》のない、隣りの何倍も立派なホテルへ入って、フロントで押し問答をした末に間違えたことが分り、むっとした顔を元へ戻すことの出来ないうちに矢口たちの前に現れた。

四人とも、違っている。矢口はそう感じた。そして、その思いは彼と妻とがこの家の客となっている間、一層深まるばかりであった。

父親が帰って来てから、母親と妹は家の中に入った。しばらくして分ったが、二人は台所で料理の支度にかかり切りになっているのであった。時々、庭にいる矢口の耳に、泣くような、大きな声で母親が何か叫んでいるのが聞えた。

家の中には母親の他には妹のクララしかいなかったから、何か叫んでいるとしたら、それはあの静かな、優しい笑い方をするクララに対して叫んでいるのだろうか。それとも、何かを焼き過ぎて焦《こ》がしてしまったとか、うっかり何かを床の上に落したので、悲鳴を上げたのだろうか。

二人が云い争っているのではなかった。ただ母親の泣くような、大きな声だけが聞えて、あとには何も聞えて来なかった。

アンジェリーニ氏が今度は家の前で、父親も入れて全部で写真を取ろうと云った。玄関から母親と妹を呼びに行ったが、母親は大分経《た》ってから、

「オブンのそばから離れることが出来ない」

と云いながら、出て来た。

写真をうつし終ると、急いで家の中へ入って行った。妹も一緒について入った。

夕方、普通の食事の時間よりはまだ少し早い時刻に、二人がこしらえていた料理が、食堂の大きなテーブルの上に並べられた。

アンジェリーニ氏が夕食の始まる前に矢口夫婦を二階へ案内してくれた。

「ここから上は、新しく建て増した分です」

階段を上る時、アンジェリーニ氏はそう云った。

「この家は私の父が自分で建てた家です」

「自分で建てたのですか？」

矢口は驚いて聞いた。

「そうです。父は大工ではなかったが、母と結婚してから此処《ここ》へ移って来て、家を建てました。しかし、この二階は父がつくったのではない」

二階への上り口は意外なところにあった。そこに二階へ通ずる階段があるということを知らない者には、恐らく気が付かない場所であった。階段もひどく急であった。

二部屋あった。手前の部屋は一方に書棚だけあって、あとは何にも置いてなかった。

「ここが父の本棚です」

とアンジェリーニ氏が云った。

「殆《ほとん》どが語学の本です。父は十四カ国の言葉を勉強しています」

それから、これが何語、これが何語と云いながら、本を何冊か指さして見せてくれた。その中にはアラビア語の本もあった。

アンジェリーニ氏の父親は、語学に対する興味をアンジェリーニ氏が知らない昔から持ち続けて、それは年を取っても少しも衰えることがなく、六十五歳の現在まで及んでいるというのである。

「学校でやったのではありません。自分ひとりでやっているのです」

電気器具の工場へこれまでずっと勤めていたが、今年の四月で定年になってから家に居る。アンジェリーニ氏はそう云った。

奥の部屋はアンジェリーニ氏の書斎になっていた。此処は前の部屋と違って、机の上も床の上も、読みかけの本、書きかけの紙、ノートなどでひどく散らかっていた。何日もこのままの状態になっているらしく思われた。アンジェリーニ氏はちょっと恥しそうな様子であった。

矢口は机を置いてあるのと反対側の隅に、非常に粗末な、一人用のベッドが置いてあるのに気が付いた。それは床から高くなく、やっと身体を横たえることが出来る幅しかなかった。

矢口がそのベッドを見た時、豊子もそれを見た。

テーブルの上にはうまそうに焼けたロースト・チキンが出ていた。それとは別に大きなビーフ・ステーキが入っている皿があり、グリーンピース、じゃがいも、サラダの鉢があった。

赤葡萄酒《ぶどうしゅ》の大きな瓶が二本あって、それはアンジェリーニ氏の父親、矢口、アンジェリーニ氏の三人の間で廻された。

ロースト・チキンはずいぶん沢山あった。二匹以上焼いたのではないかと思われるほどであった。大きい腿《もも》のところを矢口だけで二つ食べた。豊子は「もういっぱいで食べられません」と云《い》ったが、「そんなことはない」と云って母親が二度目のチキンを皿に取ってくれた。

こんな風に到底食べ切れないくらいどっさりこしらえるところも、それまでに呼ばれたアメリカ人の家庭と違っていた。そして、食事中の話題はてんでにばらばらであった。

父親はすぐ隣りにいる豊子を相手に日本語の勉強に余念がなかったし、母親は、「お客さんに失礼だ。いい加減にしておきなさい」と云って、憤慨していた。

妹はみんなの話を聞いている時もあったが、ぼんやりしている時の方が多かった。同じように食卓についているのに、心が此処にないという様子に見えた。

自分の食べている物にもまるで関心がなさそうであったが、いやいや食べているというのでもなかった。時々は矢口たちが笑うと、眼をこちらに向けて微笑するのであった。しかし、夢の中で物を食べている人みたいに頼りのない感じを与えた。

アンジェリーニ氏はもっぱら矢口に話しかけた。それは学校の教師としての生活と自分が学校以外の時間に本当にやりたいと思う仕事との調和を、どう計るかという話であった。

食事の途中で一度電話がかかって来た。クララが出て行ったが、非常に小さな声で何か云っている。

声は小さいけれども、幸福そうな声であった。矢口は相手の声を聞いている彼女の顔が輝いているのを見て、誰からかかって来たかがすぐに分った。

その電話は彼女が心待ちにしていた電話であったのかも知れない。ベルが鳴ると、すっと立って行った。他の家族は誰もその電話に注意を払っていないように見えた。

この電話でも、クララはほんの少し話しただけで、あとは返事だけしていた。それまで抜けがらのようだった彼女が受話器を耳に当てている間だけ、実に嬉しそうにいきいきとしているのを見て、矢口は一層変った娘だと思うようになった。

食堂の戸棚のところにクララが四、五人の男の学生にかこまれて花束を手にして立っている写真が飾ってある。

最初家の中へ入った時、その写真が豊子の眼に止ると、アンジェリーニ氏が「それは妹が今年カレッジのクイーンに選ばれた時の写真です」と云った。

矢口はそれを聞いて、やはり学校でも彼女の容貌《ようぼう》はみんなの注目を引くのだなと思った。普通のアメリカの女子学生の中に置いてみると、あの心細いようなクララがイタリア人らしい顔だちでくっきりと目立つのに違いない。

あとでアンジェリーニ氏は矢口に、「妹自身はああ云う行事に特別興味を持っているわけではないが、男の学生から美しいと認められることはやはり嬉しいらしい。自分では近頃、哲学の勉強に非常に興味を感じているようだ」と話した。

哲学というのはクララとどういう具合に結びつくのか矢口には見当がつかなかった。しかし、父親が日本語やアラビア語を含めて十四カ国語を勉強していることや、兄のアンジェリーニ氏が教育学の論文を書いていることを考えると、この夢見る人のような妹が哲学に興味を持ったとしても、驚くべきことではないかも知れない。

電話がかかった後のクララは、「御免なさい」と云って食卓に戻ると、再びもとのようにみんなの話を聞いているのか、聞いていないのか、見分けのつかない様子に戻った。

父親は豊子を日本語教師にして、勉強をしている。読んでいるのは、日本にいる時、アンジェリーニ氏が訪問した高等学校の学校新聞らしい。

「アンジェリーニ先生は背が高いので、教室の入口に頭がつかえるほどです。髪の毛は黒く、眼は……」

すらすらと読んで行く。知らない字を豊子に尋ねる。ローマ字でノートに写して行く。しかし、意味はどうもよく分っていないらしい。

次は生徒の読書の感想を読む。中国の童話で、「金持」、「貧乏」、「老人」などという漢字はみな読める。その意味を豊子に尋ねて、ノートに書き込む。長いことかかってそれを終ると、アンジェリーニ氏が持って帰った日本の新聞を出して来て、勉強を続ける。

「『ふさふさ』、何の意味?」

と聞いている。

豊子は困って、アンジェリーニ氏と話し込んでいる矢口に尋ねる。矢口が覗《のぞ》くと、養毛剤の広告をやっているところだった。

父親が次から次へと教材を持ち出して、豊子に休む暇を与えないので、母親はその度に何とかして止《や》めさせようとする。しかし、いくら非難しても、父親は一向に取り合うどころか、その声がまるで耳に入らない様子で、鉛筆を手から放さず、一字もおろそかにしないでノートに書き取って行く。

コーヒーが出ても、自分は飲むのも忘れていた。そして、時々、「今日はどうか家で泊ってほしい」と云った。アンジェリーニ氏が横から、「それは具合が悪いのだ」と云うと、「どうして泊ってくれないのか。私はそれを楽しみにしていたのに」と、なかなかすぐには諦《あきら》めなかった。

この時は母親の方も父親に味方して、

「きっと泊ってくれると思っていたのに」

と云った。

矢口は、「明日の朝、ボストンへ出発するので」と云って許してもらった。それでも父親の方は、諦めてしまったわけではなく、しばらくするとまた、「泊ってくれるとうれしい」と云い出した。

どういうきっかけで話がそこへ来たのか気付かないうちに、アンジェリーニ氏と矢口はアメリカの妻について論じ始めていた。

矢口は車の中でアンジェリーニ氏が夫人と現在一緒の家に住んでいなくて、多分離婚することになるという言葉を聞いた時、そのことについては一切触れない決心をしたのであった。そのため、アンジェリーニ氏と夫人が日本から帰ってから何処《どこ》に住んでいたのか知りたかったが、それを聞くことは出来なかった。

新しく建て増した二階を案内してもらった時も、矢口はそれがもしかすると日本から帰った二人のために用意されたものではないかという疑問を感じたが、その問いは心の中で留めておかなければならなかった。

その想像が当っているかどうかを確かめるためには、その二階が何時《いつ》からそこに付け足されたかということが分る必要があった。建築材料に木ではなくて、特殊な紙を使ったという壁の部分は、まだかなり新しく見えた。

父親が自分の本を置いている部屋が、その本棚の他には何もなくて、がらんとしていたことも、もしそういう風に考えれば頷《うなず》ける点であった。

矢口はよく知らないが、イタリアからアメリカに移住して来た家族の中には、息子が結婚した時、親と同じ家の中で息子夫婦が生活することが多いということが事実だとすれば、アンジェリーニ氏の両親が日本から帰って来る息子とその妻のために、屋根の上に新しい二部屋を付け足して、そこへ二人を住まわせることにしたとしても別に不思議ではなかった。

最初に汽車の中で会った時、アンジェリーニ氏が、「まだ何処に住むか分らない。二人の家はまだ無い」と云ったことを矢口は記憶している。

それより先に矢口が夫人に向って、

「昼間、家でどんなことをしているか？」

と聞いた時、彼女は笑って、

「まだ経験していない」

と答えたことも覚えている。

アンジェリーニ氏が何時頃から夫人と別れて暮すようになったかということも、矢口は知らなかった。しかし、矢口夫婦が渡米して最初にアンジェリーニ氏の返事を受け取ったのは、前の年の九月であったが、その時は今のバビロンの住所になっていた。ただその時までに二人は別れていたのか、それともまだこの家にいたのかということは、その時の手紙を思い出してみても、矢口には分らなかった。分っていることは、夫人は知らずアンジェリーニ氏は当時からこの家にいたことであり、何か他のことで非常に忙しくしている風にも見えた手紙の書きぶりからすると、その時分、アンジェリーニ氏と夫人との間に既にトラブルが生じていたとも考えられないことはない。

もしそうだとしたら、矢口の手紙への返事は、アンジェリーニ氏に取っては書きづらいものであったろう。

或《あるい》はそうではなくて、二人はニューヨークへ帰って来ると、何処かのアパートを借りてそこに住んでいたのかも知れない。そうして、うまい具合に行かなくなって、アンジェリーニ氏は両親のいるこの家へ帰って来たのだとも考えられた。

車の中で矢口が、

「お父さんとお母さんが一緒に住んでいるのか？」

と聞いた時、アンジェリーニ氏は、

「いや。自分が父と母と一緒に住んでいる」

と答えた時の言葉のひびきは、自分だけが両親の家へ戻って来て暮しているという風に聞えたが、しかし、「自分と妻とは自分の両親の家に一緒に暮していたが、今は妻は家を出て行き、私だけが残って両親とともに暮している」という風に取れば取れるわけであった。

矢口はそのどちらであるかを確かめることが出来なかった。アンジェリーニ氏の家族の誰ひとり、それを暗示するものはいなかったし、この家の中の何処からも、あの夫人がアンジェリーニ氏と一緒に住んでいた痕跡《こんせき》を見つけ出すことは出来なかった。同様に、住んでいなかったという証拠を見つけ出すこともまた出来なかった。

もしここに住んでいたとしたら、矢口は二人の生活のあとかたが全く家の何処の隅にも留められていないことに、かえって或る深い感じを味わったかも知れない。

アンジェリーニ氏が妻と別れてからここへ戻って来たのだとすれば、二階の二つの部屋の様子は、やっぱり矢口に何かを語りかけて来るのである。部屋の隅にあったベッドは殊《こと》にそうであった。

しかし、矢口はアンジェリーニ氏に彼の結婚について口を開かせてはならないという最初の決心をしまいまで変えなかった。そして、それまでのところでは、そこにいるアンジェリーニ氏もその家族も、矢口夫婦も、過去に全くそのような不幸が起らなかった家庭で話し合っている人のように話をし、食事をしていた。

アンジェリーニ氏と矢口とがアメリカの妻について熱心に論じ合うようになったのも、一つには何事もなかったかのような家の中の空気のせいであった。

少くとも矢口はそれを危険な話題とは感じることなしに、一般論として意見を述べ合っている人のように話すことが出来た。

「アメリカの婦人が何故《なぜ》男と競争したがるか?」ということからそれは始まった。

アンジェリーニ氏は、「第一次大戦で人手が足りなくなったので、婦人が社会の各部門で働いた。それ以来、アメリカの婦人の中には女性は男と同じように立派に働くことが出来る。決して男に劣るものではないという考えが生じ、社会もそれを認め、その考えを助長する方向に向った。その傾向が第二次大戦によって急激に甚だしくなったので、以前は家庭にあって子供の養育と夫を助けることに全力を尽すことを妻の目的として来たアメリカの女が、今日では男と競争するのが当然という風に考えるようになった」と、そう説明した。

「アメリカでも最初は父親が家族の長であった」

とアンジェリーニ氏は云った。

「初めから今のようではなかった。子供も両親の云うことには絶対に服従していた。それが普通であった。だから、家庭は堅固なものであった」

矢口は、六十年前のニューヨーク州の農家の生活を詳しく書いた本を読んだが、全くアンジェリーニ氏の云う通りであると云った。

「アメリカの国民が初めの頃に持っていたこのようなしっかりした家族の精神を失ったことは、本当に残念だ」

とアンジェリーニ氏は云った。

二人が話し合っている間、アンジェリーニ氏の態度には特別な興奮とか動揺は見られなかった。怨《うら》みがましい口吻《こうふん》もなかった。その間に妹のクララは、「御免なさい」と云って食卓を離れ、奥の部屋へ入った。そして、玄関でベルが鳴った時、ワン・ピースの服に着換えて外出の用意をして出て来た。

さっき電話をかけて来たクララのボーイ・フレンドが来たのであった。同じカレッジの学生らしく、髪は短く刈っていて、まだ子供子供した顔をした青年である。母親からも父親からも、入ってお茶を飲んで行くように云われると、素直にみんなのいるテーブルへ来た。

いかにも育ちのよさそうな青年で、アンジェリーニ氏が矢口たちを紹介すると、手を差し出して挨拶《あいさつ》した。この青年には、しかし矢口たちに対する興味は全く無さそうに見えた。

矢口はその手が女のように柔いので、それが少しばかり気持に引っかかった。

「コーヒーがいいか、ティーか？」

と母親が聞くと、コーヒーを青年が頼んだ。気の無い返事であった。二人ですぐに何処かへ出かけるつもりで来たのだから、それも無理からぬことであった。

アンジェリーニ老人は、この間も日本語の勉強を休まず続けていた。今度は古いノートに書き写した日本語教授の講義録らしいものを持ち出して来て、読んでいた。ずいぶん云い廻しが古風なので、よほど昔に学んだものらしく思われた。

クララが運んで来たコーヒーを、青年は黙って受け取って飲んだ。クララはその近くに坐《すわ》って、みんなの話を聞くでもなく、そのボーイ・フレンドと話すのでもなく、じっとしている。外出を急ぐ風でもなかった。

アンジェリーニ氏は若い二人を気にかける様子がなく、さっきの続きの、「アメリカの妻」についての議論を続けようとした。矢口は遠慮して、声を弱めた。これから遊びに出かける二人には、こういう話を聞かせられるのははた迷惑に違いない。

やがて青年がコーヒーを飲んでしまうと、二人は立ち上った。クララは豊子と矢口に向って途中でこの席を離れることを詫《わ》びてから、「家へ来てくれたことを嬉しく思います」と云って握手をした。

それから両親に、「行って来ます」という風にちょっと声をかけて、戸口のところで待っている青年と一緒に外へ出て行った。

アンジェリーニ氏と矢口の話は続けられた。

「日本にこんな諺《ことわざ》がある」

と矢口は云った。

「『男子は外に出ると七人の敵がいる』という諺だ。妻は七人の敵と戦って家へ帰って来た夫に慰めと休息を与える役目を持っている」

アンジェリーニ氏は頷《うなず》きながら聞いていたが、真面目《まじめ》な顔で、

「八人目の敵が家にいる」

と云った。

矢口は思わずふき出し、アンジェリーニ氏も笑った。しかし、後でこの時の会話を思い出した時、矢口は最初に汽車の中で会った時の夫人の印象を思い浮べて、異様な感じを受けた。

あのいかにも優しい女のように見えた夫人が、八人目の敵になるとは、到底考えられなかったのである。アンジェリーニ氏はどんなつもりで云ったのだろうか？

二人の話が大方終りになった頃、アンジェリーニ氏は矢口を台所へ連れて行って、壁に懸けた一枚の皿を見せた。

それは鶏《にわとり》の絵と短い詩句のようなものが書かれた皿であった。文字はイタリア語で、アンジェリーニ氏はそれを一語一語拾いながら、矢口のために英訳してくれた。

「めんどりが歌い、おんどりが沈黙しているところに平和はない」

そういう意味であった。アンジェリーニ氏はそれだけ見せると、再び食卓の方へ戻った。

矢口夫婦が帰る時、母親は自分がこしらえた黒いビロードのような布の手提げを持って来て、豊子にくれた。それには紙で編んだ薔薇《ばら》の花の飾りが付いていた。

アンジェリーニ老人は、矢口夫婦が到頭泊らないで帰るので、がっかりしていた。「明日は日曜日だ。今晩泊って、明日は一日ゆっくりしてくれればいいのに」と、最後にもう一度云った。

もっと日本語の勉強をしたかったのだろう。

矢口と豊子の手をしっかりと握って、老人は大きな声で云った。

「神よ、祝福したまえ。元気で、楽しい旅行をして、日本へ帰ったら手紙を出して下さい。私達のことを覚えていて下さい」

「神よ、祝福したまえ」というのは、この老人の口癖で、その日、矢口たちの前で何度も云った。

母親は最初会った時のように豊子を抱いて、大きな溜息《ためいき》をついて頬に接吻《せっぷん》した。

アンジェリーニ氏は矢口たちを近くの汽車の駅まで送って行くので、玄関には父親と母親とだけが残された。家のまわりの木立も灌木《かんぼく》の茂みも、今はすっかり夜の闇《やみ》に包まれてしまっていた。

アンジェリーニ氏の車は今度は一回でうまくエンジンがかかり、玄関の前で明りを背にして立って見送っている二人を後にして、忽《たちま》ち家から遠ざかった。

蟹《かに》

セザンヌの部屋の男の子は、うらの崖《がけ》の石垣に蟹《かに》がいるのを見つけた。いいものを見つけた。

最初は窓から見ていたが（昼寝をしないといけないと云《い》われているので）、とても見ているだけでは辛抱が出来なくなった。

「ちょっと。見て来るだけ」

と云うと、靴を取って来て窓から外へ出た。

で、それきり部屋には戻らず、宿屋のおばさんに貰《もら》った空罐《あきかん》と穴へ逃げ込んだ蟹を押える細い棒片を手に石垣の前を往《い》きつ戻りつしている。蟹と同じことである。

そこへ運動帽をかぶった宿屋の男の子が来て、二人は友達になった。

友達になったと云っても、こちらは小学二年生、向うはだいぶ年上で（後で五年生だと分った）、話をするわけではない。こちらは小さな蟹ならつかめるが、大きいのになるとつかめない。そんなのを取ってくれるのである。

海のそばにいるので、その子の方がずっと黒い。

途中からセザンヌの部屋の男の子の姉（小学六年生）が小さい方の弟を連れて出て来て、一緒になって石垣の前を往きつ戻りつし始めた。

窓の内側では子供の親が畳の上に横になっている。細君の方は眠っている。彼女は何時《いつ》でもどこでも眠ることが出来る。しかし、父親はそうではない。彼は眼をつむったり、開けたりしている。

二人は漁村のあるこの小さな町まで子供を連れてやって来た。朝はまだ暗いうちから起きて、どの家もまだ眠っている時分に出て来たのである。子供と荷物を汽車に乗せるためには苦労がかかる。何時間も立ち通しでいることのないようにちゃんと席も取らなくてはならない。そのためには駅へ早く来てフォームに並ばなくてはいけない。

油断は禁物。敏速に抜かりなくやらねばならない。一緒の列にならんでいる人を競争者か敵のような眼で見たり、見られたりしなくてはならない。

ああ、何ということだ。人生はなかなか楽じゃない。楽じゃないにしても、こんな気持でばかり生きているわけではないのに！

横になったまま、眼をつむったり開けたりしている父親は、子供を海で泳がせるために会社から四日間の休暇をもらったのだ。

セザンヌの部屋のとなりがルノワールで手前がブラック。その先にまだ二つばかり部屋があるが、そこは何という名前がついているのか知らない。

絵描きの来る宿屋で、そんな名前をつけてある。それで別に落着きの悪い気分にもならない、至極あっさりした宿屋なのである。部屋の数は少ないし、庭からすぐに部屋なので出入りが簡単である。それに何よりいいことは宿賃が安い。

ゆっくり逗留《とうりゅう》して絵をかくのには万事好都合に出来ている。

天気はあまりよくなかった。水は少し冷たかった。

海から戻ってくると、男の子はまた蟹取りを始めた。今度は小さい弟だけがあとをついて歩いている。

「お兄ちゃん、何取ってるの？」

ルノワールの部屋から浴衣《ゆかた》を着た女の子が二人、顔を出している。声をかけたのは上の女の子だ。

「カニ」

男の子は返事だけしておいて、石垣の前をそろりそろりと歩いている。

「見せて」

男の子は空鑵を持って行き、窓のところにいる女の子に差し出した。

「いやだ、あたし」

女の子はろくに見もしないで、手で押しのけるようにする。

男の子は「何だ」という顔をしてもとの場所へ戻った。小さい弟もそのあとから戻って来る。

しばらくすると、

「お兄ちゃん」

女の子が呼ぶ。

「何取ってるの?」

「カニ」

男の子は振り向かないで返事する。

「見せて」

男の子は空鑵を持って行く。

「いやだ」

そばまで来ると、また押しのけるようにする。

男の子は「何だ」という顔をしてもとの場所へ戻る。呼ばれると行かないわけにはいかないから行く。そうすると、「いやだ」と云う。まるでこちらが悪いことをしているみたいに云う。何が何だか分りやしない。そういう顔をして戻って来る。

しばらくすると、また、

「お兄ちゃん、見せて」

セザンヌの部屋の父親は「女め」と思う。だが、彼は自分の息子に「放っておけ」と云うことは出来ない。

云うとルノワールの部屋にいる女の子のお父さんとお母さんに聞える。間が襖《ふすま》ひとつなので、独りごとを云っても聞えてしまいそうである。

それに自分たちと同じ日に三十分ほど後から着いたルノワールの客は、いかにもおとなしい夫婦なのだ。

夕食の前にセザンヌの部屋で困ったことが起きた。

小さい方の男の子が、

「さあ、もうお家へ帰ろう」

と云い出した。何時まで経《た》っても帰り支度をしないので、催促したのである。帰るのではない、今日からここに泊るのだと聞かされると、「帰ろう帰ろう」と云ってだんだん泣き声になった。

全く考えてもいないことが起るものだ。

その子はこれまで一度も自分の家以外で泊ったことがない。外へ出かけても必ず家に帰って寝るものだと思っている。

「みんなここへ泊るのよ。もうすぐ晩御飯を食べて、それから散歩をして、それからここでみんなで一緒に寝るのよ」

小学六年生の姉が朗らかに云って聞かせる。

「お家にいる時は、お家で寝るの。汽車に乗って遠くへ来た時は、そこで泊るの。これが宿屋っていうのよ」

泊るということが分らないので、この子供は泣いている。しかし、それを分らせなければならない。

我々は宿無しになって歩き出す日があるかも知れないではないか。そんな時は林の中でも川の横でも寝るのだ。

泣き止《や》むまでに時間がかかった。そして、どうやらこの子は、自分の家でないところにも寝る時があるのだということを承認せざるを得なくなった。

ルノワールの部屋はその間、ひっそりとしていた。


その晩、セザンヌの部屋の家族は寝る前に散歩をした。

昼間、泳いだところへ行って、夜の海を眺めた。しかし、夜の海と云っても、ただ暗いだけのことで、そう長くは見ていられるものではない。

彼等は魚を掬《すく》う小さな網を買うことを思い出して引き返した。

宿屋から駅へ行く途中に店が一軒あって、子供のための網を売っている。ここの海岸には岩が多くて、潮がひいたあと、岩の窪《くぼ》みに小さな魚がいっぱい残るのである。

男の子がそれぞれ一本宛《ずつ》、網を買ってもらった。

宿屋の方へ歩いて来ると、道に面した家の中に裸の男が立て膝《ひざ》をして、女と話をしているのが見えた。漁師町なので、裸の男が珍しいわけはない。

二人は漁師の夫婦のように話をしていたのである。

ところが、その家の前を過ぎた時、子供の父親が細君に向って云った。

「今の男の顔は外国人じゃなかったか？」

「あたしもそう思った」

と細君が云った。

「お前も見たか？」

「見た。たしかに外国人だった」

「おかしいな」

彼は首をひねった。

色が黒くて、頭はもう大分薄くなっていたように思う。女の方（これは日本人であったが）も同じくらいの年恰好《としかっこう》に見えた。若くも美しくもない、この辺の漁師のおかみさんのような女であった。

二人は暑くて寝にくい夜に夫婦者が話しているように話していたのである。

「外国人だとすると、あの裸と云い立て膝と云い、板に着いていたじゃないか」

「本当にそうね。板に着いていたわ」

部屋に戻ると、もう蚊帳《かや》が吊《つ》って寝られるようになっている。ルノワールの部屋はもう眠っていた。

二日目は寒く、風が強かった。漁師は海に出ないで、網のつくろいをしていた。午後になると波は一層荒くなり、泳ぐことは出来なかった。

セザンヌの部屋の家族は一度浜まで行ってみたが、諦《あきら》めて宿屋へ帰った。クロールで少し泳げるようになりかけた女の子は、残念がった。顔をつけたままなら、五メートルほど進める。どうしたら息を吸えるか、そのコツをのみ込もうと思って、彼女は意気込んでいたところなのだ。

男の子は昨日一緒に蟹を取った宿屋の男の子のところへ遊びに行き、漫画の本をいっぱい借りて帰って来た。

それでみんな漫画を読み始め、部屋の中は静かになった。母親が小さい男の子に読んでやっている声だけしか聞えない。父親は何もしないで、自分の家族が部屋のあちこちで思い思いの姿勢で漫画を読んでいる有様を眺めている。

男の子などは漫画の本を読み出すと、まるでそこから姿がかき消えたようにシンとしてしまうのである。もしこちらが何か他のことをしていたら、そこに子供がいることを全く忘れ去るに違いない。

そのうちに、

「これでおしまい。さあ、昼寝するのよ」

という声とともに細君は本を横において眼をつむった。すると、部屋の中ではもう誰も声を出す者がなくなった。

父親は男の子の横においてあった一冊を取って読み始めた。彼は一冊全部読んで、それで止めにした。そのあとはまた眼をつむったり、開けたりしている。

不意に男の子が呼んだ。

「ここ開けてもいい」

男の子はルノワールの部屋の境の襖に手をかけている。

「どうしたんだ」

「蟹が逃げたの」

「蟹が？」

「一番大きいやつが逃げたの。いま、となりにいるんだ」

ルノワールの部屋の家族はまだ帰って来ていない。

「早くしないと逃げる。入って取って来てもいい？」

「ちょっと待て。おとなりは留守だから勝手に入るのはよくないよ」

「だって、蟹取るだけだもの」

「それはそうだ。しかし、留守に入るのはまずいな。どうしてとなりへ逃したんだ」

「知らない間に出てしまったの」

「そんなところへ逃すなんて、まずいことをやったな」

「早くしないと逃げる」

男の子は襖の隙間《すきま》からとなりの部屋を覗《のぞ》いたまま叫んだ。

「どこにいる?」

父親はそばへ来た。

「あそこ」

「どこだ?」

「ほら、あそこにいるよ」

「なるほど」

蟹はほんの少し隣の領界に入ったところにいた。

「ねえ、取って来てもいい?」

「網を持って来てみろ」

彼は子供の持って来た網の棒の方を襖の間から入れた。これがうまく行った。蟹はそろそろと動いて、こちらへ戻った。

「そら、つかまえろ」

「お父さん、つかまえて」

蟹は襖に沿って注意深そうに動いた。

「早くつかんで」

「つかむって、お前がつかめ」

「大きいから恐《こわ》いんだ」

「恐い？　恐いくらいなら取るな」

父親は手をのばしかけたが、蟹のそばまで行って引っ込めた。

「ほら、自分も恐いじゃないか」

と男の子が云った。

二人がまごまごしている間に蟹はもう少しで襖の隙間から隣へ逃げ込むところであった。そこを姉が網で押えた。

大きな蟹は無事にもとの空罐の中に戻った。

二日目の晩は駅の前で駅の主催の映画があるので、セザンヌの部屋の家族は見に行った。

めいめい自分の家から筵《むしろ》持参で見に来ている人が、団扇《うちわ》を使いながら始まるのを待って居た。早くから来ているのは、大方子供とお婆《ばあ》さんであった。

最初に二本、鉄道の宣伝の映画があり、そのあとに新しく着任した駅長の挨拶《あいさつ》があった。彼は映写機をのせたトラックの上にあがって話をしたが、暗いところなので顔は分らなかった。

挨拶を終ると、駅長はトラックから降りて、立っている人の間を抜けて駅の裏から部屋へ戻った。勤務中をその間だけ出て来たという恰好であった。

ニュースと漫画のあとに時代劇があったが、男の子が眠くなったので、セザンヌの家族は宿屋へ帰った。途中で宿屋の女中が三人揃《そろ》って映画を見に行くのに擦れ違った。部屋に戻ると、となりのルノワールの部屋はもう眠っていた。

ルノワールの部屋に泊っているのは、女中の話では中学校の絵の先生で、去年の夏もここへ絵を描きに来たということであった。

この人は朝起きると、すぐに子供を連れて散歩に行き、食事が出る頃になると帰って来る。夕食のあとでも必ず散歩に出かけた。部屋の中で何時までもぐずぐずしたり、のらくらしているということがない。

仕事をしに来ている人らしく見える。

セザンヌの部屋の夫婦はぐずぐずしたり、のらくらするために来たようなものなので、立場が違うわけだ。

ルノワールの部屋の人はどこで仕事をしているのか、彼等は知らなかった。三日目の午前、いつも泳いでいる場所から少し先へ行ったところにある島へ渡し舟で渡ると、波で侵蝕《しんしょく》されてさまざまな形をした岩が海の中にずっと続いているその突端にイーゼルを立ててひとりで描いているこの人を見つけた。

岩の上に突っ立って描いている。

奥さんと二人の女の子は、渡し舟の発着所の近くの木蔭《こかげ》に腰を下ろして、おとなしく主人の仕事が終るのを待っていた。

その日は朝のうちまだ少し曇っていたが、やがて雲がすっかり無くなって、かんかん照りの天気になった。セザンヌの部屋の家族は一日の半分を島で岩の間にいるすばしこい小さな魚を網で追いかけ、あとの半分はいつもの海岸へ戻って過した。

その日がつまり、この家族に取って最後の日であった。

女の子はクロールの時に顔を上げて息をするコツを覚えようとして練習をやったが、どうしても成功しなかった。上の男の子は岩の窪《くぼ》みの砂にいるやどかりをつかまえることに夢中になっていた。

下の男の子は波打ち際《ぎわ》に穴を掘って堤防をこしらえていたが、しまいには砂の上に坐《すわ》って海の中にいる人を見ていた。

父親は女の子にクロールを教えるために自分もかなり泳いだ。途中でひょいと浜の方を見ると、砂浜にいる下の男の子の頭が右に傾いたかと思うと、危くもとへ戻り、今度は左へ傾いたかと思うと、またもとへ戻るのが見えた。坐ったままで眠っているのである。

少し離れたところによその肥《ふと》った小母さんがいて、男の子の方を不思議そうに見ていた。

彼は近くにいた細君を呼んだ。

「おい、あれを見てみろ」

細君はふき出した。

「タオルをかけたまま寝ているわ」

女の子も気が附いて、笑った。


ブラックの部屋に子供連れの家族が来た。幼稚園へ行っているくらいの男の子と小さい妹で、お父さんは絵描きでなくて会社勤めをしている人のように見える。そしてこの夫婦もやっぱりおとなしそうな夫婦である。

その晩はセザンヌの部屋の家族は何処《どこ》へも行かないで早く寝ることにした。一日中海にいたので、みんなすっかりくたびれている。

ブラックの部屋の家族もどこへも行かなかった。多分この家族も朝まだ暗いうちにトランクを持って家を出かけ、駅のフォームで一時間以上も並んだのである。

夕方、庭の入口のあたりに置いてある椅子《いす》にパンツ一枚の恰好で坐っていたのが父親である。細い身体《からだ》の男で、どうやら疲れているらしい様子であった。

あまりやる気が無いと云った顔で、がっしりした板を打ち合せてこしらえた椅子の背中に頭と肩を凭《もた》せかけて坐っていた。

ルノワールの父親はいつものように食事が終るとさっさと子供の手を引いて散歩に出かけた。

帰って来た時は、セザンヌの部屋ではもうみんな蚊帳の中で寝ていた。開けたままにしてある入口の横を通る時、

「ふとんはもう敷いてくれてあるかな?」

という父親の声が聞え、その次にはひどく失望した声が聞えた。

この家族もやっぱりくたびれているのである。しかし、おとなしい夫婦は女中が通りかかるまで待っていた。

「お床《とこ》を取りましょうか」

「ええ、お願いします」

奥さんの声であった。

セザンヌの部屋の家族は、急に強い日に照りつけられたので、みんな背中がヒリヒリすると云《い》っている。ふとんの上で寝返りを打つと声を立てる。

電気を消して寝る体勢に入ったが、なかなか眠れないでいる。

ブラックの部屋は始めのうち、男の子が妹と何か取り合いをしたりして賑《にぎ》やかであった。

「お母ちゃんはどこにいるの？」

「洗濯」

そんな声が聞えた。

ルノワールの部屋はもう静かになっていた。

しばらくすると、ブラックの部屋の男の子が云った。

「ライオン・クイズを始めます」

「小さい声で話すんだよ。おとなりの人はもうやすんでいるんだから」

「うん。では、第一問。朝咲くものでアのつくものは？」

「朝顔」

「はい、正解です」

セザンヌの部屋では下の男の子以外の四人が声を出さずに笑った。下の男の子は眠っている。

「では第二問」

「静かに」

「土の上を歩くもので、イとネのつくものは何でしょう?」

「土の上を歩くもの?」

父親の声は大分眠そうであった。

「えーと。土の上を歩くんだな」

セザンヌの部屋の男の子がそっと答えを云おうとしたので、姉に注意された。

「何でしょう?」

父親が何か云ったが、その答えは聞えずに、「残念でした」という元気のいい声が聞えた。

「もうお父さんは止《や》めにするよ」

そのあとブラックの部屋はちょっとの間静かになった。母親が戻って来た。今度は男の子が童謡をうたい出した。

それはこんな文句であった。

むかしあひるは
からだが大きくて
海もおよげば
さかなも食べたよ

このあとに字で書けばラーララララーララララというのが出て来て、四度繰返される。ゆっくりとした節のうたで、男の子がうたうとこの際これ以上父親の眠気を誘うものはないと思われるくらいだった。

殊《こと》にラーララーララララのところがそうである。

「小さい声で歌うんだよ」

と父親は云った。

「どこでももうみんな静かに寝ているのだから」

ところが男の子がこの童謡をうたい出すと、すぐそのあとからもう眠っていると思っていたルノワールの部屋で女の子が同じ節の歌をうたい始めた。

その歌詞は違っていて、あひるが鵝鳥《がちょう》になっている。鵝鳥が川を越そうとしたが、水がいっぱいで越せないというような文句である。

女の子が歌い終ると、ブラックの部屋の男の子はまださっきのクイズの調子が残っている声で、

「たいへん上手にうたえました」

と云った。

その声はルノワールの部屋まで筒抜けに聞えるので、女の子は（「カニ見せて」と云った女の子である）つぎつぎと二番から先を歌った。

この子の節はブラックの部屋の男の子の声にくらべるとくっきりとしている。くっきりし過ぎている。

母親がそっと止めている声が聞えた。

ブラックの部屋の男の子は女の子が四番まで歌ってしまうと、かえって張合いが出来たような風に歌った。但《ただ》し彼の方はあひるの歌で、女の子の方は鵝鳥の歌であった。

「はさみうちだ」

とセザンヌの部屋の男の子が云った。

「しーっ」

と姉が云った。

ブラックの部屋の眠い父親は、こうなってはもう止めるより気が済むまで歌わせる他ないと諦《あきら》めたらしい。一度などは自分も子供について一節だけ歌った。

そのうちにあひるの歌も鵝鳥の歌も聞えなくなった。そうして三つの部屋の子供たちはどうやらみんな眠ってしまったらしい。

大人は話をしないので、眠っているのかどうか分らなかった。ブラックの部屋で細君が廊下に寄った側から窓際の方に寝ている父親に何か云ったようであったが、それきり声は聞えなかった。

「いま頃」

とセザンヌの部屋の父親は考えた。

「あの外国人の男は薄暗い電球の下で、裸で立て膝して話しているだろうか」

静物

一

「釣堀に行こうよ」

と云《い》い出したのは、男の子であった。

その日は日曜日で、三月の初めであったが、もう春がすぐそこまで来ているかと思うような天気の日であった。

有難いことに風が無かった。

「釣りはダメだよ。とても釣れやしないよ」

と父親が云った。

「ダメなことなんかないよ。子供でも釣ってるよ。ます子ちゃんは五匹釣ったよ」

「何を釣ったんだ」

「きんぎょ」

「金魚か」

父親はがっかりしたような声を出した。

「金魚じゃ、つまらないよ」

「つまらなくないよ。大きい魚を釣ってる子供もいるよ」

「そうか」

「お父さんなら大丈夫だよ」

小学一年生の男の子はそう云った。

「いや」

と父親は云った。

「やったことがないんだ。海で釣ったことがちょっとあるだけだ。ああいう釣堀のようなところは、一回も行ったことがない」

気の弱いことを彼は云ったものだ。

「やってみたら、釣れるかも知れないわ」

今度は小学五年生の女の子が云った。

「一回、やってみたら？　釣れなくてもいいじゃないの。面白いわ」

「そうだな」

と彼は云った。

「やってみないことには分らんわけだ。お前の云う通りだ」

「三人行けば、誰か釣れるかも知れない」

　女の子は腰の重い父親が行く気になったのを見て、そう云った。彼女は父親がためらっている時とか、何か心配している時など、よくこんな風に云って励ます子である。不思議にそういうところのある子供である。

　あの日の朝、部屋の隅っこに縫いぐるみの仔犬《こいぬ》と一緒にころがっていた。何が起ったかを知らないで、みなし子のようにころがっていた。あの時は生れてからまだ一年とちょっとの子供であったのだ。

「行ってらっしゃい」

　と細君が云った。

「お腹を空かして来て頂戴《ちょうだい》、みんな」

　三つになる下の男の子は、細君と一緒に家で留守番だ。仕方がない。釣堀へついて行くにはまだ小さ過ぎる。

　父親は家を出ると、気持がよくなっていた。何でも新しいことをやりに行く時の気持はいいものだ。それに子供が意気込んでいる。男の子は水遊びに使うブリキのバケツを提げて来た。

「何でもこういう風にやる方がいいな。この方がいさぎよい感じでいいな」

子供のバケツを見て父親は考えた。

釣れるか釣れないかが問題ではない。バケツを提げて出かけることが大事なのだ。何でもないようなことに見えるが、こういうのがもしかするとコツかも知れない。

何にもしないというのが、だいいちよくない。休みの日は大抵彼はぐずぐずして過すのだ。今度の日曜日はひとつ何処《どこ》へ出かけようという風に計画を立てることをしない。

無論、出かけもしない。子供と細君に相済まない気がすることもあるが、この父親はもうずっとそんな具合にやって来たのだ。そうして、子供の方でもそれに馴《な》れている。休みの日は家にいて、自分らで遊ぶものと決めている。それで結構楽しんでいる。

だが、物ぐさはよくない。釣堀までは歩いて十分くらいで行けるのだ。前は田圃《たんぼ》で、その向うに灌木《かんぼく》の茂みのある丘の斜面が見える。小さな魚を釣る初心者の池と、大きな魚を釣る専門家の池と二つに分れている。

日曜日なので、どちらも満員であった。

「大人一人、子供一人」

初めて入場した父親は、電車の切符を買うようなことを云って、一時間分の代金を払い、エサと貸し釣竿《つりざお》を二本貰《もら》った。前に使った者がいい加減なことをして戻して行ったので、糸が滅茶苦茶《めちゃくちゃ》に巻きついている。針が引っかかっているので、どうして解いていいか分らない。

釣れないので気を悪くして帰って行った客の釣竿ではないかと思われる。

釣堀の小母《おば》さんが解いてくれた。

「大丈夫ですか」

「ええ、釣れますよ」

小母さんが笑いながら答えた。

男の子は糸が解けるのが待っていられなくて、あっちへ走って行ったかと思うと、すぐ戻って来て、「早く、早く。あそこがいいよ、お父さん」と叫んだ。

男の子が「あそこがいい」と云ったのは、しかし、専門家の池の方であった。そちらでは彼等が借りたようなちっぽけな釣竿を持っている人は一人もいない。それに料金も高いのだ。

「ダメなの、あっちは」

と女の子が云った。

「だって、大きな魚がいるんだから。来てごらん」

「ダメなの」

小さな声で女の子が云った。

「あっちは難かしいの。初めて釣る人はこっちでやるの」

「なーんだ」

父親は小母さんにエサの附け方を教わって、子供たちが釣っている場所へ行った。

そこには夫婦者や大人の男もかなりいた。

二本の釣竿で三人が釣ったが、一向にかかって来る様子がなかった。男の子はあちらで釣れるとあちらへ走って行き、こちらで釣れるとこちらへ走って来、その度に大きな声で、「こっちがいいよ。お父さん」と呼んだ。

「いいかい」

と父親は男の子に云った。

「釣れても、釣れなくても、最初に坐《すわ》ったところにいるものだ。ほかの人が釣ると、そこがよく釣れるように見えるけれども、それは間違いで、そんな気がするだけのことなんだ。うまい人もあれば、下手な人もある。うまい人だって、自分の場所を動かずに根気よく待っているからかかるんだ。じっとしていることが出来ないようでは、とても釣りはやれないよ」

話しているうちに父親は、中学校の時に習った英語の教科書に「スティック・トゥ・ユア・ブッシュ」というのがあったことを思い出した。

みんなで山へ苺《いちご》つみに行く。方々に茂みがある。思い思いに探し始めると、そのうちにあっちでもこっちでも「苺を見つけた！」という嬉《うれ》しそうな声が聞える。まだひとつも見つけることの出来ない少年は、その度に声のした方へ飛んで行く。そして、他の者が籠《かご》にいっぱい取った頃に、少年の籠の中にはまだほんの少ししか苺がなかった。

「それでは駄目だ。自分の茂みにくっついていなさい」

と教えられる。何ごとをやるにしてもそうだと云う話であった。その時は、何だか無味乾燥な、面白味のない話のように聞えた。

「ああ、あれと同じことをおれは子供に云い聞かせようとしているんだな」

と今は父親になっている彼が思った。

男の子はそれまでよりは騒がなくなったが、自分たちのいるところではちっとも変化がないし、他の人のところではちょいちょい魚を引き上げるので、その度に、

「ちょっと見て来る」

と云って走って行った。

父親の方はもうずっと自分の茂みを離れずにいたが、水の底に魚がいるのか、いないのか、それさえ分らなかった。

「駄目らしいな」

彼はとなりで自分のウキを見つめている女の子に云った。

「やっぱり、難かしいものだ」

釣堀の前の道を時々買物籠をさげた女の人が通った。中にはちょっと立ち止って、こちらを見ている人もいる。

一度、父親が道の方を眺めていて、眼をもとに戻すと、ウキが動いていた。彼は少し慌《あわ》てて竿を上げた。すると、糸の先に赤い、小さいものがくっついて来た。

「釣れた！」

と女の子が云った。

その声を聞いて、よその中学生のそばで見ていた男の子が走って来た。

「釣れた。釣れた」

と男の子は叫んだ。

「静かに。そんな大きい声、出すな」

父親は男の子をたしなめたが、顔は笑っていた。釣針にくっついて来たのは、実に小さな金魚であった。それは目高のようなと云ってもいいくらい、小さかった。男の子が持って来たバケツが初めて役立った。釣針にかけられたことがまるで嘘《うそ》であるかのように金魚は水の中に浮んだ。

二

「い、い、い、い、い、い、いちどやると」

老人の医者が云《い》った。

「何度もやるようになる」

「そうですか」

と男が云った。

彼はまだ年若い夫であった。結婚したのはつい三年前であったが、今は打ちのめされて元気を無くしていた。

「どうもそういうのが多いな」

あんなことをまたやるだろうか。男は物憂《ものう》い心で問いかけた。あんなことを何度もやるものだろうか。

「だ、だ、だ、だいぶ応《こた》えたな」

医者は吃《ども》りながら勢いよく笑った。その声には優しみがあった。吃りながら笑うこの人の笑いは、もうずいぶん長い間、聞き馴れているものであった。

「一回でもう沢山か」

「沢山です」

医者はウィスキーの壜《びん》を取って、男のコップにつぎ足した。男はコップの中にふくれ上ってゆく濃い色を見ていた。

「全く何が起るやら分らんね」

今度は水差を取って、ウィスキーの上に水を注いだ。

「一寸先は闇《やみ》だね」

そこは老人がいつもひとりでいる部屋であった。家族のいる部屋からちょっと高くなったところに離れのような恰好《かっこう》であった。

用事がある時は老人は手を叩《たた》いた。そうして、患者があって自分が出て行かなければならない時以外は、ここから動かなかった。

その部屋で二人はウィスキーを飲んでいた。

この人と向い合っていると、どうしてか気持が落着く。男はそう思った。

一番初めにこの街中の医院へ来たのは、彼が小学校の三年生の時だった。（そこは彼が生れて、大きくなった町であった。）

ある日、近所の野原で友達と二人で遊んでいた。裸足《はだし》になって草の上を走っていた。すると、板を打ち抜いた大きな釘《くぎ》を足の裏に踏みつけてしまった。

びっくりした友達が家へ知らせに行ってくれた。その間、泣いていた。やっとのことで野原の入口に母の顔が現われた。

記憶はそこでとぎれる。次に出て来るのは診療室の台の上で足に刺さった釘を抜いてもらっている場面だ。上から心配そうな顔がいくつか覗《のぞ》き込んでいた。そうして、そこはずいぶん薄暗い部屋であった。あれがこの家へ来た最初だ。

「あ、あ、あ、あ、足はどうか」

と医者が云った。

「火傷《やけど》したところは」

「まだ歩くと少し痛むようです」

「ちょうど地面に当るところだからな」

「自分ではもういいと云っていますが」

医者は気の毒そうな顔をして、年若い男の顔から眼を外《そ》らした。

「あんなことになってると、ちっとも知りませんでした」

ひと口ウィスキーを飲んでから、男が云った。

「夢中でしたから」

「それはそうだろうな。足の先が何にさわっているか、気が附くような時ではなかったからな」

医者は吃りながら笑った。

「それに火傷している本人が、自分で痛いともなんとも感じていないんだから」

ぬくもりの無くなった妻の手足にふれた時の感覚を男は覚えている。始めはまだ温かかった。それが次第に冷たくなって来たのだ。

思い切り熱くした湯タンポを三つ、布団《ふとん》の中に入れた。ふたつは胸の両側に、ひとつは足のすぐそばに。

医者を手伝うために妻の身体《からだ》を動かしている間、彼の額から汗が滴《したた》り落ちた。

火傷をしたのは何時《いつ》なのか、分らなかった。湯タンポに巻いてあった布が、知らない間に少しめくれていた。それは足が動いて、ひとりでにそうなったのだ。

ウィスキーの壜を取って、医者は自分のコップに注いだ。

「湯タンポで火傷したのは長くかかる、朝起きてみると足に火傷をしていたという人が、時々来る」

「そうですか」

「ぐっすり眠り込んでいると、火傷していても眼が覚めないんだね。これはなかなか厄介だ。普通の火傷と違って、深いところまでやられている。それで治り難《にく》い」

男はひっそりした家の中で少しびっこをひきながら歩いている妻の姿を思い浮べた。

三

「八歳になるスージーちゃんは、風邪《かぜ》をひいてから三日目に亡《な》くなった」

父親は食卓のまわりにいるみんなに自分の新聞を読んで聞かせた。それはたった今、彼の眼にとまった外国通信であった。

「スージーちゃんは、黒人の女の子なんだよ。両親はもとより近所に住む人たちは、すっかり悲しみに沈んだ。お葬式が終って、いよいよスージーちゃんをお墓の中に埋める時が来た」

「どうしたの」

と女の子が云った。

まあ黙ってしまいまで聞きなさいと云う風に父親は女の子を眼で止めてから、その続きを読んだ。

「両親はこれが最後のお別れと棺の蓋《ふた》を開けて、じっと娘の顔を見やった。この時、不意にスージーちゃんの眼がパッチリ開いて、『ママ、あたいミルクが飲みたいの』と云ったので、たちまち町中大騒ぎとなった」

「生き返ったの？」

女の子はそれをはっきり聞くまではまだ安心は出来ないと云う顔で父親を見た。

「うん。生き返ったんだ」

「へえー」

男の子はそう云うと、いきなり後ろに引っくり返った。小さい男の子がすぐに真似《まね》をして後ろに引っくり返った。

「これは驚いたろうな」

と父親が云った。

スージーちゃんとその家族が暮している南米の田舎の小さい町のことを彼は想像してみようとしたが、いったいどんな家が建っている町なのかも、通りはどんな眺めであるのかも分らなかった。

葬式に集まった人たちが立っている墓地は、町外れのどんなところにあるのだろうか。

「恐《こわ》いわ、その話」

と細君が云った。

「どうして?」

「何だか知らないけど」

彼女は本当に気味が悪そうな顔をした。

「もしあたしがスージーちゃんのお母さんだったら、逃げ出すわ。死んだ子供が眼を開けて物を云い出すのを見たら」

父親は黙って細君の顔を見た。

「あなたは平気でいられる?」

その時、部屋の中からへんな声が聞えた。

「ママ、あたい、ミルクが飲みたいの」

その声は父親と細君のすぐ眼の前にいる女の子から出たのだ。身体をうしろの壁にもたせかけて、宙を見ながら、彼女は蘇《よみがえ》った瞬間のスージーちゃんになってみたのである。

死者の世界に殆ど入りかけていて、もう一度こちら側の明るい世界に戻った人間は、いったいどんな声で物を云うのだろう。

「気味の悪い声、出さないで」

女の子は細君に叱《しか》られた。

四

釣堀から持って帰った金魚は、子供の勉強部屋に住みついた。出窓に置いたまるい硝子《ガラス》の鉢の中で、元気よく泳いでいる。

「こんな丈夫な金魚はいないわ」

細君はよくそう云《い》う。水を取り替えてやったり、パンを小さくちぎって与えたり、時々塩を入れてやったりするのが彼女の役目になっているのだ。

父親と子供たちがこの小さな金魚をブリキのバケツに浮ばせて帰って来た時、彼女はいいかたちをしている金魚だと云った。そう云われてみると、小さいことは小さいが、すっとした、いいかたちをしている。

顔のあたりとお腹《なか》と鰭《ひれ》のところどころがうっすら赤く、赤いと云ってもそれはまだ殆《ほとん》ど気配のようなものであった。

「よそ見している時にかかった金魚だ。大事に飼ってやらなくては」

父親はこの時、そう云ったのである。

この部屋には学校へ行っている二人の勉強机と本棚の他にミシンがあるし、細君の洋服箪笥《だんす》がある。積木や輪投げの台、野球のグラブなどが入ったバスケットの箱がある。

子供たちの遊び道具のうちでこわれないものだけが残っているのである。隅っこに旅行用のトランクが二箇、積み重ねてあるが、これは実際に役立つことと云っては滅多にない。ただ場所ふさぎになるばかりの代物《しろもの》である。

つまり、ここは体裁よくひと口に子供の勉強部屋と云えるような部屋ではなくて、他の部屋や押入におさまり切らないものが自然に集まって来る場所なのだ。

壁には二枚、子供の絵が懸っている。

「星の子供」は女の子が何年か前の夏休みの宿題につくったものだ。余り布を貼《は》りつけた服、お河童《かっぱ》の髪は黄色とグレイの毛糸、銀紙の星のかたちをしたものを頭の上にのせた女の子が二人、手をつないで水色の空に浮んでいる。

「野原のカウ・ボーイ」の方は、男の子がクレオンで描いたもの。投げ縄を飛ばして走って来る馬を止めようとしている者と、銃を構えて木の上にいる大きな鳥を発止と撃ち止めた者と二人いる。牛が突進して来る。ウサギがはねている。

まだその他に籐椅子《とういす》が二つある。二つ並べて置くと出入りの邪魔になるので、ふだんは一つの椅子の上にもう一つをのせてある。

三人の子供はよくこの籐椅子と勉強机についている腰掛けとを組合せて、幌馬車《ほろばしゃ》をこしらえる。一人は馭者台《ぎょしゃ》に、あとの二人は中に入って、叫び声、鞭《むち》の音、わだちのひびきとともに突進する場面をやってみせる。

金魚が入って来たのは、こういう部屋である。硝子の容《い》れ物に水と一緒に入っているものだ。それはいかにも危なっかしく見える。

いきなりボールか何かが飛んで来て、まともに命中するかも知れないし、誰かが押された拍子に当って倒すかも知れない。そういうことなら、何時《いつ》でも起りそうである。

ところが不思議にそうはならなかった。子供が突然おとなしくなったわけでもないのに、金魚の泳いでいるまるい硝子の鉢は割れもせず、引っくり返りもしなかった。

そうして日が経《た》つにつれて、以前からこの部屋にあった物と同じような具合に見えて来た。特別気にはならない存在となった。

もっとも、何時か誰かがやるかも知れないという不安は、決して父親の頭から無くなってしまいはしなかったが。

五

「お父さん、おやすみなさい」

「お母さん、おやすみなさい」

「うちじゅうみんな、おやすみなさーい」

子供らの声がこの家のあっちにもこっちにも、あたかも感嘆符を打ったように浮んで残っている。

寝間着に着かえて、誰が自分の寝床にいちばん早く入るか。この競争が終ったのは、ついさっきのことだ。

「おれの横にこちらを向いて眠っている女——これが自分と結婚した女だ」

静かな夜の中でひとりだけまだ寝ないでいる父親が考えた。

「十五年間、いつもこの女と寝ているのだな。同じ寝床で、毎晩」

子供の時は一人で寝ていて、軍隊でも一人で寝ていて、結婚したその日から二人で寝るようになった。他人同士であった者が、こんな風にすぐそばに眠るようになった。

一緒の寝床で寝なかった時は、ほんの少ししかない。何カ月くらいだったか。三月くらい。多分、そんなものだ。

その時は二人が別々の部屋に寝ていた。彼女は生れてから一年経ったばかりの女の子と寝ていた。しかし、すぐに終りになった。あんなことがあった後では、またもう一度もとのように二人は同じ寝床で眠ることになった。それからは、ずっとだ。

ひとりだけまだ寝ないでいる父親は、二人が結婚した晩に夜ふけの窓からさし込む月の明りが妻の顔を照らしていたのを覚えている。まるで息をしていないように眠っていた。髪に小さなリボンをつけたままで眠っていた。

「あれが」

と彼は云った。

「二人が一緒に寝るようになった始まりだ」

読んでいた本が、彼の手から落ちる。開いてあった頁《ページ》がどこやら分らなくなってしまう。父親はもう一度、本を取り上げて、もとの頁を探し出す。

ここだ。いや、ここはもう読んだところだ。まどろんだのは、このあたりまで来てからだ。いや、ここも読んだ覚えがある。何が何だか分りやしない。

眠い眼をあけて、父親は続きを読み始める。すぐに眼がふさがる。本が手から落ちる。

六

「イギリスだったか、アメリカだったか忘れたけど、ひとりの少年があひるの卵を見つけたの」

小学二年生になった男の子が、風呂《ふろ》の中で父親に話している。

「どこで見つけたんだ」

「知らない」

「どこで見つけたんだろう。野原？」

「うん、そう」

「そばに小川が流れているようなところかな」

「そうかも知れない。その少年はね、何とかしてあひるの卵をかえそうとして自分のからだに卵をくくりつけたの」

「どの辺に？」

「この辺に」

子供は自分のお腹の横に両方の手を持って行って、大体の位置を父親に示した。それは自分で考えたことなのだ。

「夜眠る時も、学校へ行く時も、ずっとあたためていたら、二十何日目くらいに」

「二十何日だって？」

「二十何日だったか、よく覚えていないけど、そのくらい経《た》ったら、教室で勉強している時に卵がかえったの。それで、先生もほかの生徒も、みんなびっくりしたんだって」

「ははあ」

と父親は云《い》った。

「教室にいる時に」

「うん」

「先生も生徒もびっくりしたって？」

「うん」

「なるほど。それは何に出ていたの？」

「学校の廊下に世界のいろんな国で起った話を書いた紙がはってあるの」

「写真といっしょに？」

「写真のもあるし、話だけのものもあるの。これはお話だけだった」

「何時《いつ》ごろ出ていた？」

「ずっと前」

「一年の時？」

「うん。一年のとき」

「いま思い出したのか」

「うん」

どうして不意に思い出したのだろう。

「しかし、よくつぶれなかったな。どんな具合にお腹にくくりつけておいたのかな？」

「ぼくがそんなことしたら、一日で失敗すると思うよ。だって、あばれるから」

男の子はそう云った。

「お父さんはやれる？」

「やれないだろうな、多分。さあ、もう出てもいいよ」

「うん」

男の子は湯ぶねから外へ降りた。

「ちょっと待てよ」

　と父親が云った。

「お前、顔を洗ったか？」

「顔？」

「考えるくらいなら、洗ってないに決ってる」

「ぼく洗ったよ」

「何云ってる。その顔はちっとも濡《ぬ》れていない顔だ。お風呂へ入って、顔を洗わないで出る子供があるだろうか。さあ、早く」

「洗うよ。お父さん」

　男の子は石鹼《せっけん》箱のふたを取ると、金盥《かなだらい》の中の湯を入れた。

「おい、遊ぶんじゃないよ。顔をさっさと洗うんだよ」

「うん。ちょっと待って」

　石鹼箱の上にタオルをかける。

「早く」

「うん。すぐにすむから」

　タオルの上に今度はゆっくり石鹼を塗りつける。それが済むと、口をタオルの上に当てて、そーっと息を吹きつける。タオルの上からいかにもやわらかそうな泡《あわ》のかたまりが出て来て、みるみるふくらんで行く。

「ほーら」

「なるほど」

「もっともっと出て来るよ」

「いいよ。もうそれくらいで」

「面白いだろう？」

「うん」

「やってみたい？」

「結構だよ。分ったから、早く顔を洗うんだ」

「もう一回だけ」

シャボン玉がゆれながら、大きくなって行く。男の子の顔がかくれてしまう。

七

「あの映画、覚えてるかな」

と父親が云った。

女の子は人形に着せるブラウスを縫いながら、

「なんの映画？」

と云った。

「あれは一年の時だったかな。幼稚園だったかな。ここの家へ来た年ではなかったな。その次の年だ。すると、一年だ」

女の子が幼稚園にいる時に、この家族はそれまで住んでいた町から汽車に乗ってこの土地へ移って来たのだ。男の子はやっと片言を話すようになったばかりであった。下の男の子はまだ生れていなかった。

畑の真中にポツンと一軒だけ建てられた家に入った。女の子を連れて二人だけで映画を見に行ったのは、その翌年の冬のことだ。

「男の人が工事の指図をしている時、うっかりしてコンクリートを流し込む穴に落ち込むところが出て来る」

「うん。覚えてる」

と女の子が云った。

「どのくらい、覚えてる？」

女の子はブラウスを縫っている手をとめて、

「あれは大工さん？」

と云った。

「うん。煉瓦《れんが》を積み上げて、家を建てる人だ。石工というんだろうな。イタリアからアメリカへ移住して来たんだ」

「貧しかったのね」

「そう。イタリアにいたのでは暮せないので、船に乗ってニューヨークへ来たんだ」

女の子と二人ならんでその映画を見たのは、駅前の商店街から少し引っ込んだ路地の奥にある映画館だった。二人は外套《がいとう》を着ていたが、ずいぶん底冷えがした。

「その人が病気か何かで、働きに出られないで家にいたの」

「うん。あれは怪我《けが》をしたんだ」

父親はあやふやな自分の記憶を確かめるように云った。

「親方になって仲間と一緒に働いていた時、何かのことからみんなとうまく行かなくなるんだ。誰も口を利《き》かないで、仕事場から出て行ってしまう。それで仕方なしに自分ひとりで建物をこわす仕事をやっていたら、壁が崩れて来て、足をはさまれるんだ」

「ああ、それで家にいたの」

「多分、そうだったと思うよ」

「やっと治って仕事に出られるようになるのね。その日にコンクリートを流し込んでいる穴に落ちるの。『助けてくれ』って呼ぶんだけど、音がやかましくて、他の人に聞えないのね。それで、身体《からだ》がみるみる埋まって行くの」

「しまいに顔だけ出るんだ」

「こわくて、見ていなかった。でも、声だけは聞えて来るんだもの」

「それから？」

「奥さんが誰かの話を聞いているのね。ボンヤリした顔をして」

「うん。主人が事故で死んだので、たくさんのお金が渡されることになるんだ。『そのお金でどうしますか？』と聞かれると、奥さんは分らないと云う風に首を振るんだ。いや、それとも、『考えて居《お》りません』って云うのかな。そのほかにどこか覚えてる？」

「覚えてない」

「そうか。じゃあ、映画を見る前に本屋で本を買って上げたことは覚えてる？」

「覚えてない」

女の子はブラウスを縫い始めた。父親は彼女の指が動くのを見ている。彼が買ったのは、童話の絵本であった。それは何の童話であったか、思い出すことが出来ない。

休みの日に子供を外へ連れて来て、自分の見たい映画に入る埋め合せの意味で、彼はその絵本を買ったのだ。それにそのイギリス映画は小学一年生の女の子が見るには、少しばかり印象が強すぎはしないかという心配のあるものであった。

始めのうちはよかった。ある日、仕事をしている時に石工は年上の仲間から結婚をすすめられる。彼はその娘と会って、好きになる。娘の方も好きになる。

「でも、住む家があるの？　家がなかったら、結婚できないわ」

と彼女が云う。

石工と同じようにイタリアから家族と一緒に船に乗ってこの国へ来た彼女は、貧乏がどんなものかを知っている。住む家がなしに結婚した者がどんなみじめな暮しをしなければならないかを知っている。

石工は嘘《うそ》をついてしまう。そうしないと、彼女と結婚することが出来ないと思ったから。

貧しい移民の家族と近所の人たちが集まってする結婚のお祝い。楽しい笑い声。その辺まではよかった。

　自分の家だとばかり思い込んでいたのが、他人のものであったことが分った瞬間から、妻は笑わなくなってしまう。もう二度ともとの快活な彼女に戻ることが出来ない。

　みすぼらしいアパートの部屋の壁にいくつもの線がナイフで刻みこまれる。自分たちの家を買えるようになるまで、どんな犠牲を払っても目標の金額を貯《た》めようという夫婦の決心を物語るものである。子供が生れて来る。

　そのあたりから、見ている彼がハラハラするような場面が多くなって来た。女のところから酔っぱらって夜明けに帰って来た石工が、アパートの階段を上って行きながら、自分を罰しようとして、手すりについた尖《とが》った飾りをめがけてひろげた掌《てのひら》を振り下ろす。

「あ！」

　と思って、となりに坐《すわ》っている女の子を見ると、さっき本屋で買ってもらった絵本を顔の前に立てている。眼をつぶったくらいでは、とても間に合わない。自分でも気が附かないうちに膝《ひざ》の上の絵本を眼の前に持って来たという感じであった。

　彼はほっとすると同時に、

「うまい手を考えたな」

と思った。

石工の生活には、いくつもの打撃が振りかかって来る。怖《おそ》ろしい場面になる度に女の子の持っている絵本が上ったり、下りたりする。彼は小さな声で、

「もう大丈夫だよ」

とか、

「これを見なくちゃ」

と云ったりした。

いよいよ最後の場面になった。主人公がコンクリートを流し込む穴に落ち込んだ時、父親が横を見ると、絵本はすっかり上っている。そして、絵本のうしろで彼女は顔をうつむけている。

コンクリートを流し込む音。埋まってゆく主人公の助けを求める声。この間、絵本は到頭上りっぱなしであった。

不意に静かになる。女の子はやっと絵本から顔を出す。あの父親の姿はもう何処《どこ》にも見えなくて、不幸な妻が打ちひしがれたような表情で立っている。

「死んだの？　死んだの？」

女の子が小さい声で尋ねる。

「死んだ」

と彼は答えた。

あの時は偶然に絵本が役に立ったと、父親は考える。あんまり怖ろしい場面を見ないでやり過すことが出来るように。

いまブラウスを縫っている女の子が自分の家庭で起った出来事を知らずに済んだのは、その時まだ幼かったからだ。彼女は眠り続ける母を見ても、その意味が分らなかった。

誰かの見えない手がそっと彼女の眼に蓋《ふた》をしてくれたのだ。

八

「お父さん、オのつくものして」

男の子が父親に云《い》った。

「オのつくものって何だ」

「オ・ハだよ」

「オ・ハって何だ」

「オ・ハ・ナ・シのことだよ」

「何のお話だ」

「それをお父さんがするんだよ」

父親は男の子に云った。

「何にもない」

「何にもないことないよ」

「何にも思いつかない」

「それならイノシシの話をすれば？」

「あれはもう何べんもやったよ」

「かまわないよ」

父親は仕方なしに話し始めた。

「イノシシは夏の間ずっと寝ているんだそうだ。山の中の自分の家で、何にもしないでただじっと寝ている。どういう具合にして寝ているかと云うと、山に生えているカヤンボを敷いて、その上に寝ている。カヤンボと云ったよ、この話をしてくれた猟の上手なお爺《じい》さんは。カヤンボは下に敷くだけではなくて、屋根もそれでこしらえる。夕立が来ても、雨漏りしないようにしっかりした屋根をつくってある。かんかん照りの日には、カヤンボの下にいると、ひんやりして涼しい。うまく考えたものだ。そこでこの居心地のよいカヤンボの家で、イノシシは毎日毎日、何にもしないで寝ている。気楽なもんじゃないか」

父親は羨《うらや》ましそうにそう云うと、彼の話を聞いている男の子と小さい男の子の顔を見た。

「その代り、夏のイノシシはまずくてとても食べられないそうだ。やっぱりじっとしていてはいかんということかな。身体《からだ》を切ってみると、皮の下にカチカチになった脂《あぶら》がある。板のきれっぱしみたいに固い。だから、この村の人は『板』と云っている。『板』が出来ていたら、肉は食べられないと云っている。なぜこんなカチカチの脂があるかと云うと、これはつまり、イノシシがじっと寝たままで夏じゅう暮すために身体の中の力が外へ逃げ出さないように守っているんだ」

「ムジナのあぶらの方がいいんだね」

「そうだ。ムジナの脂はイノシシと反対で、冬にたくさんあって、夏はからからになっている。冬の間、寝ているからだ。ムジナの脂はとてもいいそうだ。皮のところに附いた脂を鍋《なべ》で煮ると、それはきれいな、透きとおった油が取れると云ってたよ。ところで、イノシシの子供のことを『まっくわ』と呼んでいる。どうしてかと云うと、背中にちょうどまっくわ瓜《うり》をころがしたような模様があるから」

「まっくわって、かわいい名前だね」

男の子が云うと、すぐに小さな男の子が云った。

「まっくわって、かわいいなまえだね」

「うん。可愛《かわい》いね。ではイノシシが好きな食物は何かと云うと、これが何とミミズだそうだ。あんな大きな身体をしているものがミミズが好きとはね。何しろ一晩に一反くらいの畑を掘り起して、サツマイモを全部食べてしまうイノシシだよ。そんなに荒っぽい、めちゃくちゃなイノシシがミミズが好きなのは不思議な気がするとお爺さんも云っていた。畑の道なんかミミズのいるところは、鼻で掘り返してある。サワガニも好きだ。タニシも好きだ。タニシはどうやって食べるのか、掘ったあとは分るが、殻がちっとも残っていない。持って帰って家で食べるのでないとすれば、殻も一緒に食べてしまうのだろうか。殻と一緒ではおいしくなかろうにとお爺さんが云っていた」

父親はどうも自分にもよく分らぬと云った表情で、首をかしげた。

「雪の中をイノシシの足あとを探しながら歩いていると、足はズクズクに濡《ぬ》れる、頭から木の枝の雪が落ちて来る、お腹《なか》は冷えてグーと鳴って来る。全くつらいそうだ。

イノシシというのは几帳面《きちようめん》というか、臆病《おくびよう》というか、同じ道しか通らない。何匹通っても、足あとが重なっていて、一匹しか通らなかったように見える。それほどきっちりしている。そういう性質があるために一度こんなことがあった。その山には発電所の水路があるが、その上に木を一本渡して通れるようにしてある。ある雪の朝、イノシシが三匹も、水の中に落ちて水路の出口のところに引っかかって死んでいた。どうしてそんなことになったかと思って調べてみると、水路に渡した木の上に氷が張っているところがあった。最初に橋を渡ったイノシシがそこまで来て、氷に足を滑らせて落ちた。発電所の水路というのは、ふちがコンクリートで真直《まつす》ぐになっているから這《は》い上れない。そのまま流されてしまった。そのあとからまたイノシシが通りかかった。二番目のイノシシは、先にそこを通ったイノシシの足あとの通り渡ったから、同じところで足を滑らせて落ちた。また大分経《た》って三番目のイノシシが通りかかった。それも同じようにして落ちた。可哀《かわい》そうに！　どのくらいの時間をおいて三匹落ちたのか、それは分らないが、足あとが橋の途中まであって、そこから先はなかったそうだ」

「気をつければよかったのにね」

と男の子が云った。

「気をつければよかったのにね」

と小さい男の子が云った。

「足あとが橋の途中で消えている。『はてな?』と考えるとよかったんだな。では、お爺さんがイノシシに出会った時の話をしよう」

父親がそう云うと、その話が出るのを待っていたという風に男の子は身構えた。

「ある時、お爺さんはイノシシの寝ている場所を見つけ出した。そこで自分の仲間の者三人に話して、こっそりイノシシ撃ちに出かける支度をした。村の他の連中に気づかれないようにね。それにこのイノシシ撃ちは一人では行けない。三人か五人で組をつくって行かないと逃すんだそうだ。いよいよその当日になって、お爺さん——と云っても、まだあまり年を取っていない頃のお爺さんだよ。その組が朝早く山へ向って出発した。ところが、あとで分ったのだけれども、この計画をかぎつけていた者が村にいて、そいつが別の組をつくって一足先に出発して、イノシシの寝ている山へ行った。それを知らないものだから、お爺さんの組が山を登って行くと、ちょうどあともう一歩で崖《がけ》を上り切るというところへ来た時だ」

そこで父親は急な崖をよじ登って来たそのお爺さんが、ひょいと顔を上に向けた恰《かっ》好《こう》をしてみせた。

「不意に荒々しい鼻息が聞えたと思ったら、先頭にいたお爺さんの頭のすぐ上に大きなイノシシの顔がヌッと出た。不意をうたれるというのは、このことだ。イノシシはれいのカヤンボの家で寝ているとばかり思っていたのだから。それでも、とっさに身体を引っこめて背中にかけていた鉄砲を外した。イノシシの方でもびっくりして、顔を引っこめた」

と云いながら、父親は今度は崖の上のイノシシになったつもりで、突き出した顔をすっとうしろに引いた。

「この時、お爺さんは思ったそうだ。イノシシはもと来た方へ逃げるだろうと。急がないと逃してしまう。そう思って、慌《あわ》てて上ろうとすると、お爺さんの頭すれすれにさっきの大イノシシが、どーんと飛び越えて、ざざざあーと崖をすべり落ちて行った。木も何もへし折って。上から見ていると、もうイノシシの姿は見えなくて、ただ木が折れ、茂みが二つにさーっと分れて行くのだけが見えたそうだ」

「すごい」

と男の子は云った。

小さい男の子はびっくりして、父親の顔を見ていた。

「先廻りした組の者が撃ちそこなって、イノシシを逃したんだね。それで、イノシシの方でもだいぶ慌てていたのだろう。あんな急な崖を飛び降りるなんて、無茶だから。

お爺さんが身体を引っこめて、背中の鉄砲を外す間に、イノシシの方は勢いをつけるために何歩かうしろへ退《さが》ったんだね」

そこで父親は愉快そうに笑ったが、またもとの真面目《まじめ》な顔に戻って話した。

「このイノシシは、それから一週間くらい経って他の猟師に撃ち止められた。お爺さんがそう云っていた。では、これでおしまい」

九

前に住んでいた町から久しぶりに訪ねて来てくれた伯父さんが、子供たちに胡桃《くるみ》を一袋くれた。

「有難いお土産《みやげ》だ」

と父親は云った。

「こういうものは自分からお金を出して買えるものじゃない。しかし、子供のいる家に上げるのはいいな。露骨な気持で生活している人をホッとさせる」

さて、どういう風にこれを分けてやるか。細君はこうした。女の子に七個、上の男の子に五個、下の男の子に三個。それで残りが二個ある。これは夫婦がそれぞれ一個ずつ貰《もら》うことにした。

男の子は金槌《かなづち》を持って来て、片っぱしから割って食べてしまった。小さい男の子は細君に手伝ってもらって、全部食べた。

父親はズボンのポケットに入れて会社へ持って行ったが、二日目にどこかで失《な》くして帰った。細君は昼間、小さい男の子と二人だけ家にいる時に食べた。

女の子だけが胡桃を自分の勉強机の引出しの中にしまった。そうして、フェルトのあまり布でひとつずつ磨いた。いい光沢を出そうというつもりである。

それから彼女は学校で友達に話した。いちばん親しい二人にである。「伯父さんが旅行のお土産に胡桃をくれたの。もし好きだったら、上げる」

友達は「うん」と云った。二人ともそう云った。

二個上げるか、一個にするか？

二個上げれば、掌の中に持って擦《す》り合せることが出来る。いい音をたてるのを聞くことが出来る。それは楽しみなものだ。

だが、もし二人の友達に二個ずつ上げたとすると、七個ある胡桃のうち、半分以上減ってしまう。ちょっと少なくなりすぎる。

抽出《ひきだし》を開けてみて、そこに胡桃がごろごろしているところが嬉《うれ》しいのに、それが一度に三つきりになってしまうと困る。

「二個上げた方がいいに決ってるけど、一個では値うちがないということはないわ」

そんな意見も出て来る。

友達に胡桃のことを話した翌日、女の子は学校へ行く時、抽出の中から胡桃をつかんで、スカートのポケットに入れて行った。四個、持って行った。

学校で一人の友達に会って、

「胡桃、持って来た」

と云った時も、二個にするか一個にするか、はっきり決めてはいなかった。ポケットから彼女が出して、

「これ」

と云って渡したのは、一個である。

友達は喜んで、

「どうも有難う」

と云った。

もう一人の友達とは帰り道が一緒だったので、学校を出てから上げた。一個上げた。

「どうも有難う」

と友達は云った。

「こうするといいの」

自分のポケットから胡桃を二個出して、彼女は掌の中で擦り合せてみせた。

「あら、本当」

と友達が云った。

で、女の子は自分の胡桃をひとつ、友達に貸して上げた。友達は歩きながら、胡桃を鳴らした。途中まで来て、友達は貸してもらった方の胡桃を返した。

「それから、ちょっと来たところで道路工事をやっていたの」

と、女の子はそのあとで起ったことを父親に話した。

「二人で胡桃を手に持って歩いていたのよ。そうしたら、いく子ちゃんが、『あ、一個落した』って教えてくれたから、すぐに後戻りしたの。それがほんの五、六歩くらい行き過ぎただけなの。そこに道路工事している男の人がいて、『クルミ探してるんだろう』って云うの。『もう食べちゃったよ』って、笑いながら、あたしたちに殻をこうして見せるの。真っ二つに割った殻を」

「殻をね」

と父親が云った。

「うん。きれいに割ってあるの」

「口を動かしていた？」

「口も動かしていないの。もうお腹の中に入っているの。あっと云う間よ」

「なるほど」

「あの固い胡桃、どうして割ったんだろう？　歯でかみ割ったのかしら。『あさましいわ』っていく子ちゃんとプンプン云いながら帰ったの」

「そうか」

　と父親は云った。

「ころころと転がって来たんだな。ちょうどその男の眼の前にね」

十

　金魚は最初にこの家へ来た時からくらべると、いくらか大きくなったように見えた。お腹《なか》のあたりに円味《まるみ》が加わって来たし、かすかであった朱の色がはっきりして来た。つまり、何処《どこ》となく大人っぽくなって来たように感じられた。

　日ざしの明るい窓際《まどぎわ》の水の中で、さかんに泳ぎ廻る。それは見ていて気持のいいものだ。

「こんなに元気な金魚は珍しいわ」

細君がうれしそうに云《い》う。すると、父親はこう云うのだ。

「有難いことだ。この調子で行ってくれるといいな」

細君は一日おきに水を半分くらい替えてやり、その度に塩をほんのちょっぴり落してやっている。

食べ物は三日に一度、パンのやわらかいところをちぎってやる。ビスケットやクッキーのかけらをつまんでやることもある。

食べ過ぎないように気を附けているので、子供が自分の手で食べ物をやりたがる時は、この前は誰が上げたから今度は誰と云う風に細君がうまく加減する。

父親は何にもしない。ただ、家にいる時、そばへ行って見ていることがある。

「前にも進まず、後ろにも進まず、胸びれをあんな具合にかわるがわる動かして、尾びれをちょいちょい動かして、調子を取っているんだな」

そんなことを考えながら、感心して見ている。

釣堀へはあれからもう一度出かけた。父親と女の子と男の子と三人で出かけた。ところが、その日は到頭一匹も釣ることが出来なかった。折角持って来たブリキのバケツも今度は役に立たなかった。

釣れないのは三人だけではなくて、釣堀に来ている人がみんな調子が悪かった。初心者の池の方でも、専門家の池の方でも、ちっともかからなかった。

時刻は夕方近く、釣堀の空気は沈滞していた。

「みんながこんなに釣れないようでは、とても今日は駄目だろう」

父親はそう思った。

エサをつけかえる時も、やっても無駄なことをやっているような気がするのである。それでも時間が切れるまでは最初に糸を下ろした場所を動かないでいた。

こうなると、この前初めて来た時にかかったあの一匹の金魚が、たいへん貴重なものに思われて来る。一匹釣れたのと、一匹も釣れないのとでは大きな違いがある。そうして、一匹だけ釣れたということが、よけいに何かのめぐり合せのような気もして来るのだ。

ハンチングをかぶった老人が釣道具をしまって帰りかける時、ひとり言のように云った。

「東風の日は釣れないんだ。最初から分ってるんだ」

その後でちょっと珍しいことがあった。専門家の池の方で、一人の釣師について来た男の子が水の中にはまったのである。

小学五年生くらいの子供で、父親のそばで見ていた。音がしたので、みんながそちらを振り向くと、釣師が手を伸ばして子供を引っぱり上げるところであった。

男の子は首から下がずぶ濡《ぬ》れになっていた。

釣堀に残っていた人の間から、和《なご》やかな笑い声が起った。釣れないので重苦しい気持でいたのが、この出来事で緊張が解けたのである。

何時《いつ》まで経《た》ってもかからないので、じりじりしていた釣師の姿勢が、連れて来た子供に伝わって、それであっと云う間に落ち込んだという感じであった。

魚を上げないで、自分の子供を引っぱり上げた釣師は、それ以上ねばっているわけに行かなくなった。

日は大方傾いていた。男の子は濡れた服のままで、釣師の父親のあとについて帰って行った。

十一

「どうもこれは痩《や》せている。花が咲くことは咲くけれども」

日曜日の朝、庭のライラックの木のそばに父親が突っ立っている。彼はひょろひょろと延びた枝を見たり、その先についている紫いろの小さい花を見たり根元の土を見たりしている。

このライラックは家族がこの家へ移って来た翌年の春に植えられた。それからもう五年になるが、父親の背丈よりももう少し高くなったきり、太くも大きくもならない。中心となる幹が出来なくて、根からすぐに分れた枝がどれも同じくらいの太さで空に向ってひろがっている。

父親は最初はこう考えていた。子供が庭で隠れんぼをして遊ぶ時、木のうしろに隠れることが出来るくらい茂ってくれるといいと。ところが今ではもうそんなことは諦《あきら》めてしまった。

父親がライラックを眺めている時、畑の間の道をチンドン屋の一隊がやって来るのが見えた。

先頭の男は音楽に合わせて踊るような身ぶりで歩いて来る。身体《からだ》の向きを次々とうまく変えながら歩いて来る。

「ただ歩くだけでなくて、ああいう風に面白く見えるように歩くのだな」

垣根越しに見ている父親は、先頭の男の動きを眼で追っていた。ところが近くに来た時、男だと思っていたのが女であることに気附いた。

顔を白く塗って、男の衣裳《いしょう》をつけているのは、痩せた身体の女であった。二番目は同じように男の衣裳をつけているが、これは男である。三番目は太鼓を持った男。四番目は黒のベレー帽をかぶった女でクラリネットを吹いている。最後はラジオ屋のかぶるような帽子をかぶった男で、ラッパを吹いている。

何時《いつ》の間にか家から出て来た男の子が、道の横に立って見ていた。前にいる二人が附近の家へ広告の紙を配って廻る間、あとの三人は音楽を続けていたのである。太鼓を持った男が、途中で男の子に何か話しかけた。しかし、男の子はそのままじっとしていて、返事をしたようには見えなかった。

「どうして返事しないのだろう？　何を話したのかな」

と父親は思った。

チンドン屋の五人は、再び畑の間の道を遠ざかって行った。男の子が戻って来た。

「さっき、太鼓持った人が何か云った？」

と父親が聞いた。

「うん」

と男の子が云った。

「何て云ったの」

「ぼくが指で耳に栓《せん》をしてね」

と男の子が云った。

「ふさいだり開けたりしながら、聞いていたの。そうすると、音が大きくなったり、小さくなったりして面白いから」

そう云いながら、男の子は自分で両方の耳に指を入れてその通りやって見せた。

「そしたらね、『チンドン屋の前で耳ふさぐくらいだったら、あっちへ行きなさい』って云われたの」

「なるほど」

と父親が云った。

「ぼくがやかましくて耳をふさいでると思ったのね」

と男の子が云った。

十二

父親がスケッチ・ブックに女の子を写生している。

日曜日の夕方、早いお風呂《ふろ》から出てパジャマに着換えた女の子は、畳の上に坐《すわ》って、膝《ひざ》の上の本を見ている。父親が描きよいように、同じ姿勢のままでじっとしている。

「しびれが切れないか」

と父親が云《い》った。

「ううん」

と女の子が云った。

まるい膝のかげから指の先がのぞいている。それは横ににじらせた女の子の足の親指だ。

父親はその親指をかいて、

「ちょっと大きすぎるかな」

と云った。

「どこが」

女の子は顔を上げて云った。

「その指だよ」

「いやだ」

女の子は笑った。

「お祖父《じい》さんを覚えてる？」

父親は消ゴムを使いながら云った。

「うん。少しだけ」

「足のかたちをスケッチしておけって云ったな」

「なんの？」

「お前が生れた時のことだ」

「あたしの？」

「うん」

「どうして？」

「話の種になるから、しておけって」

父親はもう一度、親指をかいた。

「あの時、ポケットに入っていた手帳にスケッチしたが、あれはもう残っていないな。足の裏をかいたんだ」

「そう」

「ああいうのをちゃんと残してあったら、面白いんだがな。何でも無くしてしまうんだから。お祖父さんは僕が残しておくと思っていたんだろうか。この手はどうもおかしいな」

父親は今度は本を持っている手のかたちを直し始めた。

「それからお祖父さんは病院の部屋がきれいだと云って感心していた。『上等の部屋じゃ。これを二人に貸してくれると結構だがな』って」

「足、少し動かしてもいい」

女の子が云った。

「ああ、いいよ」

と父親が云った。

「ひっそりした、いい部屋だったたな。本がよく読めそうな気がしたたな。窓から外を見ると、看護婦の寄宿舎になっている建物があって、時々看護婦が雨の中を玄関へ駆《か》け込んで来るのが見えるんだ。桐《きり》の木があったな。どうも、この指はよくならないぞ。直せば直すほど、へんになる」

女の子は顔を上げて、父親のスケッチ・ブックの方を見た。

「帰ろうと思って病院の玄関を出ると、向うから雨の中を傘なしで、トルコ帽をかぶって歩いて来るお祖父さんに会った。それで、よその家の軒下でちょっと立ち話をした。あの時お祖父さんはこう云った。『わしは産院へは立ち寄らん主義で、これまで誰の赤ん坊が生れた時でも見舞には来なんだが』って。それから、もう一度一緒に病院へ戻ったんだ。帰りがけ、こんなことを話したよ。『赤ん坊は一日でもよけいに生きただけ、それだけ生き残る力がついて来るものだ』って。あれはお前がちっとも乳を吸おうとしないという話をしたからだ。連れて来た看護婦さんが一生懸命に耳を引っ張って飲ませようとしても、乳首をくわえたまますぐに眠ってしまうので、困ったのだ」

女の子は恥ずかしそうに笑った。

十三

「学校の花壇を掘っていたら」

夕食の時に女の子が話した。

「土の中からおけらが一匹出て来たの」

「おけら？」

と細君が云った。

「この子も昨日、おけらを持って帰って来たの。『ただいま』って云うから、『お帰り』と云ったら、『はい、これ』だって指でぶら下げてあたしの眼の前に突き出すの」

「きゃって云ったね」

と男の子がうれしそうに云った。

「云うわ。靴を脱ぐところまでは何を持って来てもいいけど、そこから先へは虫を持って入ってはいけないと云ってあるのに」

「ごめんなさい」

「花壇のおけらはどうした?」

と父親が云った。

「ぼくのは学校の砂場で取ったんだよ」

「砂場のおけらか。それを家まで持って帰ったというわけか」

「そうだよ」

「花壇のおけらをつかまえてね」

と女の子が云った。

「誰それさんの脳みそ、どーのくらいって云うと、びっくりして前足をひろげるの」

「誰が考え出すのかね、そんなこと」

「あたしたちみんなで考えたの。自分の名前を云う時はね、『どーのくらい』と大きな声を出すの」

「ど」というところに不意に力を入れて、女の子は云った。

「そしたら、こんなにひろげるの。友達の名前を云う時は、『誰それさんの脳みそ、どーのくらい』と小さな声で云うの」

今度は「ど」のところへ来て声をそっと低くした。

「おけらはちょっとだけ足を動かすの」

女の子は両方の手でその幅を示してみせた。

「本当？」

と細君が云った。

「ほんとうよ。まるで言葉が聞えるみたいなのよ。だからみんな、自分の名前の時は手もいっしょにうんとひろげて、『どーのくらい』って云うの」

「おけらがびっくりする筈《はず》だ」

と父親が云った。

女の子はおけらが驚いて足を動かすのがよほどおかしかったのだ。何度も「どーのくらい」をやってみせた。そうして、その度に自分からおけらへ、おけらから自分へと早替わりした。

彼女はよく笑った。

「どーのくらい」

と男の子が自分の手をひろげて云うと、

「どーのくらい」

と小さい男の子が云った。

「こーのくらい」

「こーのくらい」

三人がやり始めたので、父親が云った。

「もういい、分った。お願いだから、静かにしてくれ」

生徒がひとりもいない学校の運動場では、砂場のおけらも花壇のおけらも黙ってトンネルを掘っている時刻だ。

十四

金魚の泳いでいる窓に縫いぐるみのトラとウサギがふたつ並んで置いてある。

トラは足を投げ出して腹這《はらば》いになっていて、頭は横にかたむいて鼻の先が地面にくっつきかけている。一匹のアリを見ているような恰好《かっこう》である。

水玉模様のズボンを穿《は》いたウサギは、反対に空を向いて寝ころがっている。

昼間は窓のところにこうしているが、夜、子供たちが寝床に入る時、トラもウサギも連れて行かれる。ウサギは小さい男の子の寝床へ、トラは女の子と男の子の寝床へ一日おきに交りばんこに。

ウサギの方は問題はない。トラの順番でよくもめる。どうかして自分の番の口に忘れることがあるからだ。

二人の争う声が、家の隅の部屋でこれから寝ようとしている父親の耳に聞えて来る。

「おとといは？」

「きのうは？」

「忘れても関係なし、と云ったでしょう」

仲裁している細君の声である。

忘れた時は忘れた者が悪いので、次の日に前の日の権利を主張することは許されない。もしそんなことを云い出したら、一日交替という約束がいい加減なものになって、悶着《もんちゃく》が絶えない。忘れたらそれきりでなければいけない。

細君は二人にそう云い聞かせている。

「どうしてああいうことをやり出したのだろう」

と父親は考える。

「何時《いつ》ごろからあんなことやってるんだろう?」

二人ともトラを持って寝るのを忘れてしまって、その間に何日も経《た》ってしまうことがある。そんな時はいったい順番がどうなってしまったのやら、子供にも細君にもさっぱり分らなくなってしまう。

そこで細君はカレンダーに二人の名前の頭文字を記入することにした。それで混乱を防ごうというのである。

「自分なんか、子供の時はひとりで寝ていて、それが当り前と思っていたがなあ。あんなものを寝床へ持って入る気はなかったが」

父親はどうもよく分らないという顔をして、自分の寝床に横になった。

子供の争いはやっとおさまった。トラは女の子の手に渡された。

「チェッ」

と男の子が叫ぶ声が聞える。

枕《まくら》もとにある三冊ほどの本の中から父親は一冊を取った。

あの縫いぐるみの仔犬《こいぬ》は、女の子が今夜持って寝ることになったトラのようなものではなかった。あんなにやわらかくて小さなものではなかった。

いま父親が思い出しているのは、もう十年あまり前のある朝、まだ小さかった女の子の寝床のそばにあった縫いぐるみの仔犬である。(その日はクリスマスであった。)

それはずいぶんがっしりとこしらえられたもので、背が高かった。寝ている子供の頭よりもはるかに大きな頭をした仔犬である。

「まあ、何ていう買物をしたんだろう!」

彼はそう思ったことを覚えている。

ところで、その少し前に彼はもうひとつの買物を見てびっくりしていたのだ。それは彼がひとりで寝ていた部屋で、眼を覚ました瞬間に眼に入ったものである。

リボンをかけた箱がある。中から出て来たのは、中折帽子であった。

「おや、おれはこんなものを欲しいと云ったことがあったかな」

ひょっとすると、自分は何かの折に中折帽子をほしいと云ったのかも知れない。

それを妻が聞いて、覚えていたのかも知れない。それとも、自分は何もそんなことは云わなかったが、誰かがかぶっている中折帽子に関心を示したことがあるのかも知れない。

しかし、いったい値段はいくらくらいするものなんだろう? それも知らない。自分が買って、頭にかぶって会社へ出かけることを考えたことがなかった。だから、帽子売場を歩いてみたことがないのだ。

　頭の上にのせるものと云っては、夏にかぶるピッケ帽しか知らない。まるめてズボンのポケットに突っ込めるようなやつだ。あれはまあ帽子という中には入っていない。学校にいた時分にはカンカン帽をかぶっていた。発車しかけている電車に乗ろうとして走る時など、飛ばさないように片方の手で押えて走らねばならなかった。

　カンカン帽は安かった。だが、こういう中折帽子はカンカン帽のようなわけにはゆかない。まるきり別のものだ。

「相談もしないで、買うんだからな」

　と彼は思った。

「お金があるわけではないのに」

　彼は起き上って、その新しい中折帽子を頭にかぶってみた。頭の上にやわらかくはまる感触は、なかなかいいものであった。

　どの程度に深くかぶるものなのか、彼は知らない。あんまりすっぽりかぶってしまうと、凹《へこ》みの部分がなくなって、まるい帽子になる。

　みんなどういう風にかぶっているのだろう？　それを研究してみる必要がある。

そう考えた彼は、ひと先《ま》ず妻の贈り物であるこの中折帽子を箱に戻して、蓋《ふた》をした。外は曇り日で、家の中は静かであった。

休みの日なので、寝たいだけ寝ていてもいいわけであった。だが、帽子を見てびっくりした彼はついでに起きることにして、となりの部屋をちょっと覗《のぞ》いてみた。すると、いきなり縫いぐるみの仔犬が眼に入った。今までにこんなに大きいおもちゃを彼は一度も見たことがなかった。

この買物となると、もう値段がどのくらいするものやら、彼には見当がつかなかった。とは云うものの、そんなことを抜きにして眺めると、これはなかなか見事なおもちゃであった。

いくつも縫いぐるみの動物が並んでいる中で、もしこの仔犬をいちどでも見た人には、あとのものがみんなつまらなく見えるに違いない。それくらいのものではある。これは相当長持ちがするだろう。子供が背中に乗って遊んだとしても、潰《つぶ》れる心配はなさそうだ。

だが、まあこんなものを買ってお金を使ってしまって、いったいどうする気なのだろう。もう少し後先のことを考えてくれなければ。

彼は妻を起して、ちょっとばかり文句を云うことにしようと思った。それに今日は休みの日であるから何時に起きなければならないということはないとしても、もうそろそろ起きて朝食の支度をしていい時刻である。

彼は声をかけた。ところが、返事をしない。いや、返事をしないばかりか、まるで知らん顔をして眠っているのである。

結婚以来いつでも心ゆくまで眠りたがって居るように見える彼女である。そうして眠り込んだが最後、朝、目覚し時計が鳴るか、彼に起されるまで、眼を覚まさず、夢も滅多に見ないというのだ。

起された時はいつもパッとはね起きる。びっくりして起きる。

「おい、起きないか」

彼はそう云って、妻の肩に手をかけようとした。すると、この時初めて彼女が妙なものを着て寝ているのに気が附いた。

「あの縫いぐるみの仔犬は、ずいぶん丈夫なものだった」

と自分の寝床で父親は考えた。

まだ立って歩くことの出来なかった女の子が、あれから大分長い間この大きなおもちゃの背中に乗って、やわらかい耳をつかんで遊ぶことが出来たのだ。

次に生れて来た男の子も、このおもちゃに乗って遊んだ。それでもまだ壊れなかった。家族がこちらへ引越して来る時、縫いぐるみの仔犬は貨物列車の中に他の荷物と一緒に積まれて旅をした。

「だが、中折帽子の方は」

と父親は呟《つぶや》いた。

「あれはいくらも経たないうちに無くしてしまった。何時か映画を見に行った時、膝《ひざ》の上にのせていて、うっかり落したまま、気が附かずに出て来た。『あ、帽子！』と思った時は、もう後の祭りだった。入口で頼んで探してもらおうとしたが、生憎《あいにく》ひどく混んでいた。それで諦《あきら》めて、家へ帰った」

十五

ある晩、男の子に「オ」をしてくれとせがまれた父親は、猟の上手な老人から聞いたもうひとつの話を始めた。

「あのお爺《じい》さんはお父さんにこう云《い》った。『山は四十年以上、川は三十年になる』って。山というのは猟のことで、川というのは釣りのことだ。つまりお爺さんは若い時に猟を始めて、ずっとそれを続けて来た。途中で釣りもやるようになった。いまでは猟も釣りも、両方ともやっている。何時《いつ》から川を始めたかというと、いま住んでいる町へ来てからだそうだ。そこがお爺さんにはとても気に入ったので、住みついてしまったわけだ。お爺さんには川の先生がいた」

「川の先生？」

男の子が笑った。

「うん。学校の先生のほかに、川の先生がいる。山の先生がいる。海の先生もいる。お爺さんが川を習った先生は、むかし筏《いかだ》流しをしていた人だ。筏流しというのは、山で伐《き》った木を何本も組んで筏をこしらえて、それを川の流れに浮べてずっと川下まで運ぶ人のことだ。流れは急だし、途中に岩なんかいっぱいある。そこをさーっと下ってゆくのだから、危い仕事だ。この人が筏を流しに来ているうちに川下から少し奥に入ったそこの町に住みついて、釣りをして暮すようになった。川のことにかけてはくらべもののない名人で、どんな波の荒れている深いところでも、魚がいくついて、どっち向いてどうしているということをきっちり云い当てる。この人と一緒に釣りをしていて、『あとひとつ』というと、そこにはあと一匹しか魚が水の中にいないということなんだ」

「すごい」

と男の子が云った。

「すごい」

と小さい男の子が云った。

「よく分るねえ」

と男の子が云った。

「あんな人はおそらくない、ってお爺さんが云ってた。心から感心していた。その人は勝次郎という老人で、そのお父さんが勝蔵という名前だ。それで勝蔵の子供の勝次郎だから小勝とみんなから呼ばれていた」

「コカツ」

というと男の子はおかしそうに笑った。

「川の先生の小勝は釣りが商売だったから、他の者には本当のことを話さない。誰かがやって来て、『どこが釣れますか？』と聞くと、どこそこへ行けという。そこへ行っても釣れない。ウソを云うわけだ。お爺さんとは親しくしていて、毎晩家へ来て一緒にお酒を飲んでいる。それでもだまされる。『今日はどうですか？』『今日はよくない』それがウソで、よくないと云われた日は釣れる。だからこちらは逆をやる。『今日はよくない』と云われた時は、川へ行ってみる。すると、先生がちゃんと来ている」

「はんたいのことをやればいいね」

と男の子が云った。

「そうなんだ。それも勉強のうちなんだ。いつもうまくだまされるから、そのうちにお爺さんは川へ行こうかどうかと迷う時には、先に先生の家へ行って外からそっと家の中を覗《のぞ》いてみた。先生が家で昼寝していたり、ぶらぶら遊んでいる時は、自分も川へ行かない」

「行ったって釣れないのが分ってるからね」

と男の子が云った。

「そうだ。しかし、先生が何でもウソを云っていたかというと、そうではない。網の投げ方とか、釣糸のつけ方とか、そういうのは教えてくれる。また、ウグイという魚を釣る時、がぶっと飛びついて来ると、糸をゆるめてやる。普通の人なら糸を引くところを反対にやる。そういうコツを教えてくれた。いま網の投げ方と云ったが、この網はお爺さんのいたこの川でだけしか使わない独特のもので、アユを取る網だ。それはどんな網かというと、長さ四、五メートルのリボンをひろげたようなかたちをしたもので、この投げ方が難かしいそうだ。網がひらき切って、先が一直線になったのではいけない。こんなになってはいけない」

父親はひろがった網の先を指で示してみせた。

「こうなった時は、アユが当っても逃げてしまう。ではどう投げたらいいかと云うと、ぱーっと投げて川に落ちる時に、弓のようにすぼまっていないといけない。ほら、こんな風に」

と云いながら、父親は腕を大きくぐるりと廻してみせた。

「こんなに？」

と男の子が云って、自分も手で弧を描いてみた。

「こんなに？」

小さい男の子が同じことをやった。

「どうして弓のようにすぼまっていないといけないかというと、アユがこの網にぶっつかると、くるりと廻って引き返すということが出来ない。これはアユの性質がそうだ。あくまでも前へ前へと進みながら、網がつかえるものだからこう行く。そうすると、端のところがすぼまっているから、突き当ったアユはみなここへ集まってしまう。外へ出られないわけだ」

父親は左手で囲いをして、この網にぶっつかった右手の人さし指のアユがどんな風に進んでやがて外へ出られなくなるかを説明した。

二人の男の子は父親の指を見ている。

「しかし、ここに集まったアユはこのままにしておけば、何時までもそこにいるかというと、そんなわけにはゆかない。しまいに網の出口を見つけて逃げるかも知れない。それで、お爺さんはかかったアユが逃げないように、水にもぐって網のところまで来て、アユの脊椎《せきつい》をポチッと折っておく」

「セキツイって？」

と男の子が云った。

父親は自分の首のうしろを手でちょっと叩《たた》いてみせた。

「この辺だ」

「そうしておいて、あとで一段落ついた時にかためて引き上げる。一晩に三十四、四十匹と取れたそうだ。三十年前はそのくらい取れた。そんなに取れるから、水につかっている間は夢中になっている。冷たいことなんか忘れている。ところが家へ帰ってから寒くなる。真夏のころ、夜中の一時二時に川へ取りに行って、帰って来るとすぐに熱い風呂《ふろ》に入って、布団《ふとん》を頭からかぶって寝るが、それでもまだ寒くてガタガタ震える。たまらないくらい震える。そんなに寒くても、あくる日の夜中になると、また網を持って川へ出かけて行く。それで年が行くと、神経痛が起る。これはもう仕方がありませんとお爺さんは話していた」

「キツネは」

と男の子が云った。

「うん。これは網ではなくて、ダンビキというのをやる時だ。ダンビキというのは、糸に針をいくつもつけておいて、アゴを引っかけて取る釣り方だ。一回に五つも六つも取れる。これも晩にやる。夕立があって川の水が増えて、水の中が見えにくい時なんか、よくかかる。何貫と取れるそうだ。ダンビキをやりに行って、お爺さんが川の中に入っていると、よくキツネが出て来て、岸のところに立ってこちらを見ている。じっとこんな風に置物にした何かみたいに見ている」

そう云いながら、父親は岸に立ち止って釣りをしている人を見ているキツネの顔をしてみせた。

「岸にはアユを入れた籠《かご》を置いてある。なぜ置いてあるかというと、アユがどんどん取れる。腰のところに籠をつけていて、取れたのから入れてゆく。籠がいっぱいになると、岸へ持って行って置いて来る。ところがキツネはその籠から少し離れたところまで来て、こちらを見ている」

「追っぱらえ」

と男の子が叫んだ。

「おっぱらえ」

と小さい男の子がついて云った。

「お爺さんは気が気でないので、川の中から石を拾って、キツネめがけて投げつける。するとキツネは走りもしよらん。ヒョコヒョコヒョコヒョコと行って、立ち止って、こちらを見ている。またすぐに戻って来る」

「もっと石を投げれば？」

と男の子が云った。

「うん。お爺さんはまた石を拾って、こいつめ！　と投げる。すると、キツネはまたヒョコヒョコヒョコと行って、立ち止って、こちらを見ている。なまくらなやつだとお爺さんは怒っていたよ。それで、用心していないと取られるぞと思っているうちに、キツネが籠をくわえてすーっと走って行ってしまう」

「あーあ」

男の子はがっかりした声を出した。

「あーあ」

小さい男の子が云った。

十六

「昼からいく子ちゃんが来て、二人でドーナツつくるの。してもいい？」

と女の子が云《い》った。

「いいわ」

と細君が云った。

「材料もって行くって云ったの」

「もって来なくてもいいのに」

「だから、いいって云ったの」

「ドーナツこしらえるくらいの材料なら、心配いらないわ」

「そう云ったんだけど、やっぱり持って来るって云うの」

二人が話しているのは、日曜日のお昼前であった。

友達はメリケン粉の入った袋と卵を一個もって二時ごろに来た。いつ会っても、にこにこ笑っている可愛《かわい》い友達だ。

「ぼくもやりたい」

男の子が云い出した。

「何でもやりたがるのはよくないよ」

と父親が云った。

「女の子がドーナツをつくるのは、つまり学校の宿題をやるようなものだ。お前が入ると、勉強のじゃまをすることになる」

「ぼくも宿題やりたい」

「いいか。台所はあの通り広くない。三人が何かやれるところではない」

「やりたいんだあ」

男の子は口を思い切りとんがらせてそう云った。早くも泪《なみだ》が眼にあふれて、パラパラとこぼれた。

「いいわ」

と細君が云った。

「その代り、少しだけよ。分った」

「はーい」

男の子はたちまち笑い顔になった。

不幸と幸福との入れかわりがこんなに早いのだ。

早速、台所でドーナツつくりが始まった。細君が要領を教えてやっている。何もすることがない父親は、

「おい。小さいのを作れ。小さい方がうまい」

と細君に声をかけておいて、ひとりで隅の部屋へ行った。ざぶとんを二つに折って、その上に頭をのせて昼寝をする気でいる。

「そんなに取ったらダメよ」

女の子の声が聞える。叱《しか》られているのは男の子である。彼は熱狂しているに違いない。

細君の声が聞える。あれが自分と結婚している女の声だと思って、父親は聞いている。子供と一緒に何かやっている時は、よくあんな声で話している。

不意に彼はずっと前に聞いたすすり泣きの声を思い出した。あれはいつのことだったか。前の家にいた時のことだ。日曜日の夕方、二階の部屋でいま自分がしているようにざぶとんを二つに折って、それを枕《まくら》にして昼寝をしていた。

この時、不意に女のすすり泣く声が聞えた。起き上ってもう一度聞こうとすると、その声は止《や》んだ。妙だなと思って、しばらくそのままでいると、さっきと同じ泣き声

が聞えた。

どうしたんだろう？　誰が家の中で泣いているのだろう。そんな筈《はず》がない。

彼が階段を降りて来ると、下の部屋には二番目の赤ん坊が小さい布団《ふとん》の中で眠っていた。上の女の子は外へ遊びに行って、居なかった。台所を覗《のぞ》いてみると、妻がほうれん草を洗っている。

「何か音がしなかったか」

「いいえ。何か聞えましたか？」

晴れやかな顔をこちらに向けている。

「いや、どこかで何か音がしたように思ったので、降りて来たんだ」

そうすると、あのすすり泣きの声は何だったのだろう。短く、とぎれがちに聞えて来た悲しげな声は。

どこかで風に吹かれて、何かが擦《す》れ合って音を立てているのだろうか。それにしても、どうしてあんなに妻の泣き声そっくりに聞えたんだろう。そう思いながら、彼は二階へ戻ったが、それきり声は聞えて来なかった。

妻があの時、泣くわけはなかった。実際に泣いてもいなかった。

父親は眼を開けたまま、考えている。

「これはぼくのだよ」

男の子の声が聞えた。

「ちゃんとしるしをつけてあるから」

笑い声が聞える。みんな一緒になって笑っている。誰かが廊下を駆けて来る。戸が開いた。

「できましたから、きてください」

小さい男の子はそう云うと、急いで走って行った。

父親は起き上って、みんなのいる部屋へ出て行った。食卓の上にはめいめいの皿にドーナツが分けられてあった。

「うん。よく出来ている。やっぱりドーナツは小さいのがいいな」

彼はひとつだけつまんで、あとはみんなが食べるのを見ていた。もっと食べたらと細君にすすめられても、「もういい」と云ってそれ以上食べようとしない。

「ごちそうさま」

友達と女の子は自分のお皿のドーナツを食べてしまった。

男の子が最後の一個を口に入れかけた時、

「待って」

と女の子が云った。

「ちょっとだけ残して」

だが、遅かった。開いた口はそのまま待ってくれなくて、ぱくりとやってしまった。

「あーあ」

女の子ががっかりした声で云った。

「どうしたの」

と細君が云った。

「金魚にやるぶんを残すの、忘れてしまったの」

男の子はもうひとかけらも残っていませんと云うように、口のまわりを手でさわってみせた。誰の皿の上にも、テーブルの上にも、全く何のかけらも落ちていなかった。

十七

「音楽の時間にね」

ある晩、夕食を終りかけた頃に女の子が云った。

「『新世界交響曲』をかけてくれたの」

「そう」

　と細君が云った。

「きれいでしょう」

「きれいね」

「本当にきれいな曲ね」

「でも男の子は『新世界』をかけると云うと、つまらないなあって聞きたがらないの。女の方はみんな聞きたいって云ったのよ」

「どうして聞きたがらないのかな」

　と父親が云った。

「知らない。ただつまらないなあって云うの。何かつまらないように思ってるらしいの。だけど、始まったら、やっぱりいいと思ったらしくて、黙って聞いてた」

「みんなの聞きたい曲をかけてくれるの？」

　と細君が尋ねた。

「そう。始めに先生がみんなに聞きたいと思う曲を云わせて、順番に黒板に書いて行くの。この前そうした時、『新世界』を聞きたいって云う人がわり合いに多かったの。でも、その時はまだテープに取ったのがなかったの」

「ああ、テープで聞くのか」

と父親が云った。

「先生がいろんな曲をテープに取ってあるの」

「なるほど」

「それで今日は先生が『この間、テープに取ったのがありますから、一度聞いてみることにしましょう』と云って、かけたの。かける前に『その晩ラジオで放送があるので、録音を取ろうと思っていたら、ついうっかり忘れてしまって、時間が来てから慌《あわ》ててスイッチを入れました。だから最初の方はラジオの音を調節しないうちに入ってしまったので、少し聞きにくいですが。それから途中で先生のうちの男の子の声が入っていますが』って云われたの」

「聞えた、その声？」

と男の子が云った。

「うん。聞えた」

「何て云ってた？」

「分らない。アーユーって云うような」

「アーユーって」

「よく分らない。ちょっと聞えただけだったから」

また別の日の晩。

「今日いく子ちゃんの組でね」

と女の子が話し始めた。

「音楽の時間に『舞踏への招待』をかけてもらったの。先生は始めに、『これは作曲者ウェーバーが奥さんに捧げた曲で、大へん華やかな曲です』と云って」

「あれはそういう曲か」

と父親が口をはさんだ。

「うん。それから音楽を聞きながら、ここはどうしているところ、ここはどうしているところだって説明してくれたの」

まだ話の続きがあるという時にいつもするように女の子は少し早口になって話した。

「途中で低いところと高いところが出て来るのね。低いところは男の人が女の人の前に進んで行って、『どうか踊りの相手をお願いします』と云ってるところだと云って、その次に高いところが始まると、先生がこう云ったの。ここは女の人が『あら、あたし恥ずかしいわ』と云ってるところですと云いかけて、『恥ずかしいわ』と云った時、入歯が外れて、口から落っこちそうになったの」

そこまで来ると、女の子はもうとても我慢が出来ないという風に笑い出した。

父親と細君はびっくりして女の子の顔を見つめた。

「入歯が?」

父親が問い返した。

「そう。がくっと外れたの」

女の子は苦しそうに眼をつぶって笑った。そのうちに父親も同じように笑い出し、細君も笑い出し、男の子と小さい男の子も笑い出した。

笑い声はなかなか止らなかった。

「先生はどうしたの?」

途中で男の子が聞いた。

「うしろを向いて急いで直したって、いく子ちゃんが云ってた」

女の子はそう答えた。

十八

男の子がボール紙の空箱に入れておいた蓑虫《みのむし》が居なくなってしまった。しかし、その時はまだ父親は蓑虫のことは知らなかった。他の家族はみんな知っていた。父親が詳しい話を聞いたのは、ずっと後になってからであった。

その蓑虫は最初、近所の家の庭の木にいた。男の子が一つ年上の友達とピストルの弾丸にする小さな木の実を取っていた時のことだ。

蓑虫を裸にして、木の葉っぱや紙きれと一緒に箱の中に入れておいてやると、三時間くらいで巣をこしらえるよと友達が云った。

男の子は家へ帰って、友達の云う通りにしてみた。ところが、晩になって箱の中を覗《のぞ》いてみると、蓑虫はじっとしている。あくる日になっても、やっぱりじっとしている。

そのあと男の子は蓑虫の様子を見るのを忘れた。三日ほど経《た》って、箱の蓋《ふた》を開けてみると、隅にくっつけて屋根のようなものをこしらえかけていた。

男の子はこの時、何気なしに指の先でポンとそれを弾《はじ》くと、蓑虫の身体《からだ》から出来かけの屋根が飛んでしまった。

それから一度、男の子は勉強部屋の床の上を蓑虫が這《は》っているところを見つけて、もとの箱に戻したことがある。その時もこの前こしらえかけていたのと同じくらいの大きさのボロを背中に載せていた。

男の子はまたもや何日も蓑虫の様子を見ることを忘れてしまい、その次に思い出した時はもう箱の中には蓑虫は居なかった。

細君は男の子と一緒になって、勉強部屋の床の上をミシンの下やらおもちゃ箱のうしろを探してみたが、どこへ逃げたのか、その姿は見つからなかった。

二週間ほど経ったある晩のこと、細君が何かの用事で勉強部屋へ入って行くと、「星の子供」の絵がかかっているちょうど下のあたりに、蓑虫が巣をつくってぴたりとくっついているのに気が附いた。

「こんなところにいた！」

細君はびっくりして声を立てた。行方不明になっていた蓑虫は、男の子が最初に与えた庭の柿《かき》の木の小枝のはしや、わら半紙のきれはしの他にホコリのようなものを寄せ集めて、それでもちゃんとした袋をこしらえていた。

いったい何処《どこ》に隠れていたのだろう。多分、みんなに見つかる危険のない本棚のうしろあたりのホコリが積ったところにいて、ゆっくりと自分の袋を編んでいたのに違いない。それが出来上ると、日当りのいい南側の出窓に近い場所へ出て来たのだ。

その時、男の子は風呂《ふろ》の中で、引金を引くと水が飛び出すピストルで天井を狙《ねら》ったり、壁を狙ったりしていた。もうとっくに出なければならない時間が来ていたのに、そんなことをして遊んでいたのである。

外から細君と女の子が大きな声で呼んだ。

「早く洗って出ていらっしゃい。いいものを見せて上げるから」

だが、男の子は「いいもの」とはいったい何なのか、ちっとも分らないで、風呂から慌てて飛び出した。

家族の中でいちばん最後にこの蓑虫を見たのは父親であった。彼はみんなが寝静まって大分経ってから、夜ふけに家に帰ったので、細君の話を聞いたのはあくる朝になってからだった。

戸外で見ると珍しくも何ともないこの虫が、屋根も天井もある家の中に巣をこしらえてぶら下っている姿は、不思議な気持のするものである。

「どういうつもりなのかな」

と彼は細君に云った。

「ずっとここに住みつく気なんだろうか」

「そのつもりらしいわ」

ひとところだけ、臙脂《えんじ》色の小さい紙きれがくっついているのが見える。箱の中に色紙をちぎって入れてあったのだろうか。それとも、部屋のどこかに落ちていたのを蓑虫が自分で拾ったのだろうか。

二人が蓑虫を見ている間、反対側の出窓では金魚が硝子《ガラス》のふちに出来た水苔《みずごけ》をちょっと口でつついては気が無さそうにそこを離れた。

七篇再読

阪田寛夫

作者の自撰か、編集部の意見がどこまで入っていたのか事情は知らないが、昭和四十年二月に発行されたこの文庫本は、私の手持ちの版で昭和四十七年十二月十一刷とあるから、きっとよく売れているものの一つに違いない。今頃気がついて喜んでいる。

これらの短篇を、私は個々には何度か読んで来たが、並んだ順に最初から通読するのは、これが初めてではないかと思う。何しろ収録されている単行本もばらばらで三冊にわたっており、「舞踏」が作者の最初の短篇集『愛撫』に、次ぎの「プールサイド小景」が同名の作品集に、「静物」を最後に据えたあとの五篇はそのままのかたちで『静物』に入っていたのだから。

ところで今たまたま名前を挙げた三つの作品、「舞踏」「プールサイド小景」「静物」は、作者がずいぶん苦労して、時間をかけて書かれたものと聞いている。

庄野さんが文学に心をとらえられたのは、ほかの作家達のように小説からではなく、チャールズ・ラムの文章を通じてだったことはよく知られている。旧制中学五年生の時に、英語の先生から教わって「エリア随筆」をエブリマンズ・ライブラリイでこわごわ読みだしたのがその始まりだという。幼い頃ギンヤンマを見て世界中にこんな美しいものがあるだろうかと感じ入ったように、庄野さんはその後「夢の中の子供」「煙突掃除人の讃」などを読んで、「ラムの文章のこまやかさと、この世の憂苦をくぐり抜けて来た人間の心憎い機知と、その優しい心根に、すっかり感心して、これにまさる美しい作品が他にあろうとは思われなかった」（「経験的リアリティ」）と書いている。これほどにラムの随筆にのめりこんだ人だから、フィクションやロマンという言葉が馴染みにくく「すべて劇的なものに対してよそよそしかった」のは当然かも知れない。しかし、こういう人が「真にノヴェリストになるためには」、自分の中に「根強くひそんでいる小説好きでない気質」をねじまげる工夫をしなければならなかった。

「家庭の危機というものは、台所の天窓にへばりついている守宮《やもり》のようなものだ」の警句に始まる「舞踏」を私が初めて読んだのは、雑誌「群像」昭和二十五年二月号に発表されてから二年ほどのちのことだった。昭和二十六年秋、二十五歳の私はこれから電波を出す大阪の民間放送会社に入って、庄野さんの部下としてラジオの子供の時間や婦人番組を制作していた。小学校、旧制中学での四、五年先輩だったから顔は知っていたが、初めて挨拶をした日、庄野さんはワイシャツにネクタイ姿のよく似合う筋肉質の体をややかがめて、力をこめて手紙を書いておられた。明快的確に仕事を片付けて誰からも信頼される人に見えた。

しかし庄野さんは自分のことをためらわず作家と呼び、その心はここになくて、文学の高みを一途に指していた。そして二カ月も経たぬうちに私のみならず、庄野班の五名の社員すべてが、まるで同人雑誌の同人の様相を呈し始めた。私は庄野さんから古い雑誌を借りて「舞踏」を含む既発表の短篇を読んで、胸を衝かれた。

「舞踏」には勤め先で恋に陥ってしまった若い夫と、まっすぐに夫を愛し、心がとどかないことに苦しむ若い妻がいた。夜、魂の抜け殻のようになって戻ってくるなり、二階の書斎に引きこもってしまった夫の耳に、むずかる子供をやっと寝かしつけた妻が、暗い道で、縄とびをする音が聞えてくる。それがいつまでも止まない。彼はその音の針から身を隠そうとして考える。

おれは何も妻や子供を捨てて少女と逃げ出すつもりなんかないのだ。ただ、今は一人にしておいてほしいのだ。

妻は思う。夫が懸命にあたしに隠そうとしていることより、そのためにあの人がいつも自分を苦しめていることの方が、――あたしがいることが、あの人をひどく苦しめている気がして、苦しい。

改行しては思いを重ねる「二元描写」のはてに、哀切な巴里祭の夜の場面がくる。雑誌に発表されたものには、幕切れの先に、妻の失踪、あるいは死を暗示するような何行かがあった。庄野さんによれば「苦しまぎれに」編み出した、若い夫と妻の「二元描写」に私は心をとらわれた。その発想自体が、悲しみの底からの癒やし、死から生への回路のようで、庄野さんはまさに「作家」を生きており、文学の名に価する仕事をされたと思った。

恐らく私が庄野さんに逢った時が、初期の夫婦小説からの転換点だったのだ。そして毎日庄野さんの明かるく手で掴めるような文学談を聞くのを楽しみに会社に通った佳き時代は、僅か二年で終った。前述の『小説ぎらい』の「経験的リアリティ」というエッセイを書いたのも実はこの年だった。奥さんと二人のお子さんを引き連れた庄野さんは、大阪帝塚山の住宅地から東京練馬の一面畑の中の一軒家に引越して行った。ここから都心への勤めの帰り、庄野さんは「真暗な畑の向うにそこだけポツンとわが家の門灯が入口を照らし出している」（「桃李」）のを見るという経験をした。あの中には妻と二人の子どもが、自分が一歩一歩そこへ向かっていることも知らずに暮らしている。

大阪にいた時には、こんな風にわが家と外界を区別して考えたことがなかった、という庄野さんは、恐らくその眼で故郷の町を見直して、「夫婦小説」の中年版ともいうべき、「プールサイド小景」を「作り上げようとした」。こんどは聞いた話に托して書こうとした。経験していないことを、「粘土をあっちつなぎ、こっちくっつけるように」して約束の一カ月後に書き上げた。あっちつなぎこっちくっつけ、の中には庄野さんが大阪や東京の会社で経験した、サラリーマンの中の怯え、彼らのあぶら汗のしみた椅子、暗い廊下の透明な郵便受けの中を通り抜けて行く、魂の落下のような白い封筒などが、同じ職場にいた私の目にも浮かんできた。これらが作品のリアリティを支えている。ただし、評論家の中には、会社員たちの「怯え」の社会的心理的追求をこの作家に期待する向きもあったが、――それは庄野さんの「自分の羽根」――生活感情に強くふれ、痛切に感じられる事柄ではなかった。

「プールサイド小景」（昭和二十九年「群像」十二月号）は、ここまでの作者の地道ないとなみを一つに結晶させたような作品で、翌年一月芥川賞を受けた。この前後に「桃李」「伯林日記」「ザボンの花」（昭和三十年日本経済新聞に連載）など長短幾つかの作品に、庄野さんは「『父』の精神、或は『家長』の精神とも云うべきものを自己の内部に発見してゆくおどろき」を表現しようとつとめ始めている。作品集『静物』のはじめに並べられた「相客」「五人の男」「イタリア風」にもそのような要素が見える。そして二元描写のあやうい美に代って、片手落ちがあっても一つの「生」の視点から に絞って光をあて、二つの名品「蟹」と「静物」が生まれた。

私の中には庄野さんの中の光も影も、よいものすべてが「静物」の中に流れこみ、更にここからその後の作品すべてが発している、と信じているような所があった。そこである時作者に、

「どういう所から、あのエピソードを並べる方法を思いついたのですか」

と質問してみた。

「それはもう、苦しまぎれから」

と庄野さんは答えた。

「静物」にとりかかったのは昭和三十四年だが書きあぐねて年を越してしまった。その二年前に庄野さんは、小学生の長女、幼稚園児の長男、前年生まれたばかりの次男を日本に残して、夫人と二人で一年間アメリカの地図にも滅多に載っていないオハイオ州ガンビアのケニオン大学に留学した。資金を出したロックフェラー財団の条件が、夫人同伴だった。三人のお子さんは、夫人の母上に預かってもらうという、大へんな決

断で船出をされたわけだった。夫妻の並並ならぬ決意とその内容を裏書きするように、庄野さんが提出した研究課題は Fundamental thought of family life in the United States なのであった。

子どもたちも、庄野夫人も、そのお母さんも、みんな頑張って、翌年無事に再会することが出来、庄野さんは世評高い『ガンビア滞在記』を書いた。しかしその勢いでとりかかった二百枚の約束の仕事が一向に進まない。三十四年も年の暮れになって、庄野さんはある記念会で先生格の佐藤春夫氏から近況を訊ねられた。佐藤氏は、書きたいことがありながらつながらないのなら、先ず書きたいことを1と番号をつけて書く。次に書きたいことを2・3・4…と書いて行く、という方法を教えて下さったそうだ。

がらりと題材を変えて書き上った「静物」には、前年の小品「蟹」と同じメンバーの子どもたちが要所要所で活躍している。十年むかしの「舞踏」では赤ちゃんだった長女もひるむひとを励ますふしぎな力を発揮する。

(平成十四年四月、小説家)

舞　踏　『群　像』　25年2月
プールサイド小景　『群　像』　29年12月
相　客　『群　像』　32年10月
五人の男　『群　像』　33年12月
イタリア風　『文学界』　33年12月
蟹　『群　像』　34年11月
静　物　『群　像』　35年6月

プールサイド小景《しょうけい》・静物《せいぶつ》

新潮文庫　し-8-1

昭和四十年二月二十八日　発行
平成十四年五月二十五日　三十一刷改版
令和四年六月三十日　四十一刷

著者　庄《しょう》野《の》潤《じゅん》三《ぞう》

発行者　佐藤隆信
発行所　株式会社新潮社
郵便番号　一六二―八七一一
東京都新宿区矢来町七一
電話　編集部(〇三)三二六六―五四四〇
読者係(〇三)三二六六―五一一一
http://www.shinchosha.co.jp

価格はカバーに表示してあります。

乱丁・落丁本は、ご面倒ですが小社読者係宛ご送付ください。送料小社負担にてお取替えいたします。

印刷・株式会社光邦　製本・加藤製本株式会社

ISBN978-4-10-113901-2 C0193